平凡社新書

981

JN072491

ヴィクトール・ユゴー
言葉と権力

ナポレオン三世との戦い

西永良成
NISHINAGA YOSHINARI

HEIBONSHA

ヴィクトール・ユゴー　言葉と権力●目次

はじめに

ヴィクトール・ユゴーは小説『レ・ミゼラブル』の作者としてきわめて有名であり、シェイクスピアについで世界でもっとも作品研究がなされている作家である。ただ彼がフランス各地の学校や街の通り、広場などの名前にされて格別の尊敬をうけているのは、必ずしも文学的業績だけでなく、政治の面においても、永年にわたって共和政再興のために果敢に戦い、多大な貢献をしたことによる。

ユゴーが果たした最大の歴史的役割は、一八五一年十二月のルイ・ナポレオン（一八〇八―七三）のクーデターとその後の第二帝政の時代に、ジャージー島、ガーンジー島といった英仏海峡の絶海の孤島に追放されながらも節を曲げず、家族を犠牲にして二十年近く抵抗し、そのあとも、二十一世紀の現在につながる共和政確立のために戦いつづけて、いわばフランス共和国の象徴になったことにある。彼が「国民作家」と見なされているのもそのことに由来する。むろん彼はなによりもまず詩人、文学者だったから、いかなる権力、武力にも頼らず、もっぱらみずからの言葉の力によってのみその貢献をなしとげた。ユゴーは世界でも希有な知行一致の文人政治家であり、偉大な詩人でありながらも、共和政という大義のために、必要があれば代議士、上院議員として議場の演壇に立つことも辞さなかった。フランス史において、また世界において、ユゴーほど一国の政治に影響をあたえた文人は稀だろう。

本書は、こんにちどこでも影を消したように見える、そのような目覚ましい文人政治家のプロフィールを、未訳の政治詩や演説の紹介をまじえながら年代記ふうに綴り、反知性的な、いわゆる「マスクラシー」社会で言葉の価値が下落し、風化しつつある現代に、多少なりとも甦らせようとする試みである。

本書の構成と狙いをあらかじめ示しておけば次のようになる。

第一章「ユゴーとナポレオン一族」ではナポレオン麾下《きか》の将軍だったユゴーの父親レオポール、その息子ヴィクトールのナポレオン一族との因縁、とくに最初王党主義者だったヴィクトールの、その後のナポレオン評価の変化のあとを辿り、その意味を考察する。

第二章「ユゴーとナポレオン三世」では、熱烈なナポレオン崇拝者になったユゴーが、ナポレオンの甥ルイ・ナポレオンの亡命地ロンドンからの帰国、ついでフランス初代大統領選出のために尽力したものの、間もなくのっぴきならぬ対立、暗闘にいたった政治的経緯を辿る。

第三章「亡命地からの戦い——共和政と帝政」では、一八五一年十二月のルイ・ナポレオンのクーデターによって国外追放されたユゴーが、十九年もの永きにわたってベルギー、ジャージー島、ガーンジー島などの亡命地からナポレオン三世の第二帝政に粘り強く抵抗し、苛烈な筆誅をくわえつづけた詳細を述べる。

第四章「ユゴーとパリ・コミューン」では、一八七〇年の普仏戦争惨敗によるナポレオン三世退場のあと、やっと祖国にもどったユゴーが共和政確立のために尽力するとともに、パリ・コミューンとそれにつづくコミューン派の弾圧・報復テロの不当を、文筆および上院議員としての弁論によって糾弾しつづけた姿を描く。

なおここで、ユゴーを歴史のなかに置き直して記述する便宜上、「波瀾万丈の世紀」といわれるフランス十九世紀の政体変遷の主要年代をまず確認しておく。

一七八九—九九年のフランス革命後の混乱を鎮圧したナポレオンが共和政を廃して、第一帝政を成立させたのは一八〇四年だった。ほぼ十年つづいたナポレオン帝国がオーストリア、ロシアなどの同盟軍に敗れて瓦解、一四年に同盟軍の支持を得たルイ十八世の王政復古がはじまった。しかし、エルバ島に流されていたナポレオンが一五年三月に奇跡的にフランスにもどって政権を掌握、六月までいわゆる「百日天下」の期間があった。ナポレオンが、六月十八日のワーテルローの戦いで同盟軍に完敗したあと、ルイ十八世が亡命先から帰国して第二次王政復古の時代になった。二四年にルイ十八世が没すると、弟のシャルル十世が新国王になったが、この新国王があまりにも反動的な政策を推し進めたために、三〇年に「七月革命」が勃発、オルレアン家のルイ・フィリップを「フランス国民の王」とする「七月王政」が成立した。事実上ブルジョワ支配だったこの王政は十八年間存続したが、四八年の「二月革命」によって「第二共和政」が宣せられた。ところが初代共和国大統領に選ばれたナポレオンの甥、ルイ・ナポレオンが政権の延長をはかって五一年十二月クーデターを敢行、翌五二年にナポレオン三世を名乗って第二帝政を成立させた。しかし二十年近く君臨したナポレオン三世も、一八七〇年、対プロシア戦争に敗北し、その翌年から一九四〇年にいたる第三共和政がはじまった。

ユゴー（一八〇二―八五）は幼いころナポレオンの姿を見かけているので、このような目まぐるしい体制の変遷をすべて多少なりともじっさいに経験し、その影響をうけていた。

以上、前置きはこれくらいに短く切り上げて、さっそくユゴーとナポレオン一族の関係、あまり知られていないが浅からぬ因縁について述べることにしよう。

第一章　ユゴーとナポレオン一族

生い立ち

ユゴーはみずからの生誕について、「今世紀は二歳だった」という詩で、こう書いている。

今世紀は二歳だった!
ローマがスパルタに代わり、
もうすでにボナパルトのしたにナポレオンが姿を見せ、
あちこちで皇帝の額が
第一統領の窮屈な仮面を破っていた。

そのころブザンソンで……
ブルターニュとロレーヌの血を承けて、
青白い顔、うつろな目、声を立てない
ひとりの子が生まれた。

(『秋の木の葉』以下、引用の日本語訳は著者による)

ここで「ローマ」とはナポレオン・ボナパルト（一七六九―一八二一）が一八〇四年に創設した第一帝政の比喩であり、「スパルタ」とは一七八九年のフランス革命とそのあとにつづいた恐怖政治（一七九三―九四）の謂いである。民衆とその急進的指導者たちがなしとげたフランス革命後の大混乱を武力によって鎮圧したボナパルトは、一七九九年の霧月《ブリュメール》（十一月）十八日のクーデターによって政権を掌握し、九五年からつづいていた非効率で無能な総裁政府を廃止、新たに統領政府を発足させて、みずから第一統領に就任した。つづく「皇帝の額が第一統領の窮屈な仮面を破っていた」というのは、一八〇二年にボナパルトが終身統領に就任したことを言っている。その二年後の一八〇四年五月には、ボナパルトがナポレオン一世を名乗って皇帝に即位、第一帝政がはじまる。だから一八〇二年生まれのユゴーの幼少期はナポレオンの第一帝政下で開始されたことになる。

このように彼がとくに、みずからの誕生とナポレオン・ボナパルトの生涯とを関連させることにはいくつも理由がある。

ヴィクトール・ユゴーは一八〇二年二月二十六日、ロレーヌ地方の町、ブザンソンで誕生した。ユゴー家は先祖代々フランス東部ナンシー近郊の自営農だったが、ユゴーの父親ジョゼフ＝レオポール＝シジスベール・ユゴー（一七七三―一八二八）は家業をつがず、一七九一年、三度目の志願で晴れて革命軍に入隊、のちにナポレオン麾下の将校になった。

フランス大革命によって旧体制が崩壊し、官界や軍隊に空席が多かったこの時代、それがいちばん手っ取り早い社会的昇進の方途だったのである。ユゴーのふたりの叔父も軍人になっている。ただ、いわゆるナポレオン直参でなく、ナポレオンの兄ジョゼフの部下だった。フランス西部のヴァンデ地方の反革命の叛徒のみならず、やがてジョゼフ・ナポレオンに付き従い、ナポリ王国、スペイン王国に赴いてゲリラ討伐に辣腕をふるい、とくにスペインではジョゼフ国王の副官にまで昇りつめた。

だが、一八一四年にナポレオンがオーストリア、ロシアなどの同盟軍の包囲をまえに退位すると、半給の退役軍人に降格された。翌一五年三月から六月までのナポレオンの「百日天下」のあいだ、ふたたび帝国軍に編入されたものの、やがて六月十八日のワーテルロー会戦でフランス軍が最終的に敗北したあと、再度半給の退役軍人にもどされた。そのため住居指定されたブロワの町で侘び住まいをし、ジョゼフ・ナポレオンの忠臣として活躍したみずからの輝かしい軍歴を思いだし、回想録『ジョゼフ・ボナパルトをスペインの王座に導いた出来事の史的概説』などを書いて失意の日々を過ごさざるをえなかった。

レオポールが任地のヴァンデ地方で知り合い、のちにヴィクトール・ユゴーの母親になるソフィー・トレビュシェ（一七七二—一八二一）の父方の家系は代々鍛冶職人だったが、父親のジャン＝フランソワ・トレビュシェは家業を捨て、大西洋のいわゆる三角貿易船の船長になった。この船長は、ヴァンデの反乱者を次々にギロチンにかけるナントの上席裁判所の検察官で、悪名高いルノルマン・デュ・ビュイソンの娘ルネ・ルイーズと結婚し、彼女はそのあいだに生まれた三女だった。ソフィーは八歳のときに母親をうしない、十一歳のときに父親をなくしたために孤児になり、公証人の未亡人だった父方の叔母ロバンによってブルターニュ地方のシャトーブリアンで育てられた。彼女は王党主義の思想をもっていたにもかかわらず、このロバン叔母や周囲の者たちからいずれ役に立つかもしれないと勧められるまま、しぶしぶ革命軍・ナポレオン軍の兵士レオポール・ユゴーとの結婚に同意し、一七九七年十一月にパリの区役所で市民結婚（つまり宗教的儀式のない結婚）をした。ユゴー夫妻のあいだには三人の子供があり、ヴィクトールはその三男だった。

母親の感化

ただ、ユゴーの両親の結婚は当初からうまくいかなかった。軍人の父親がたえず任地を変えざるをえなかったことにもよるが、なによりふたりは性格的、とくに思想的に相容れなかったのだ。父親は当然確固たるナポレオン主義者だったが、母親のほうは頑固な反ナポレオンの王党主義者だった。ヴィクトールが両親と一緒に暮らしたのは、まだ物心がつかない三歳のころまでで、あとは両親がそれぞれ愛人をもって別居していた。母親は愛人のラオリー将軍とともに、一八一二年、モスクワ遠征中のナポレオンがロシアで死亡したという誤報を流してクーデターを謀ったマレー将軍の陰謀に秘かに荷担さえした猛女だった。ヴィクトールは、この反ナポレオンの母親の圧倒的な影響のもとで、主にパリで育てられ、成長していった。彼が早くからラテン文学やフランス文学に親しむようになったのは母親の感化による。加えて彼は文学的にきわめて早熟で、まだ十五歳のとき、アカデミー・フランセーズが毎年募集する詩歌コンクールに応募、奨励賞を得て「神童」と呼ばれるようになったのだが、思想的にはずっと母親の強い影響をうけ、たとえば王政復古を寿《ことほ》ぐこんな過激王党派的な詩を書いている。

コルシカ人は一敗地にまみれ、
ヨーロッパがルイ国王を布告した。
不実な人殺しの〈鷲〉は、
百合の花のまえに倒れる。
国王万歳、国王のおかげで、
みんなに幸福が返されたのだ。

国王が豊穣をもち帰る。
友よ、みんなで声をあわせ
繰り返そう、国王万歳！　フランス万歳！

（《フランス詩手帖》）

「コルシカ人」「鷲」はナポレオンの、「百合の花」はフランス王朝の象徴である。彼はこのような過激王党派の詩人として出発し、以後数年間、宮廷の桂冠詩人のような恰好になる。一八二〇年二月、ベリー公爵がボナパルト派の労働者ルヴェルに襲われて重傷を負い、やがてその場で死亡するという事件があった。ベリー公は国王ルイ十八世の甥、次の国王シャルル十世になるアルトワ伯の次男であり、ブルボン正統王朝の唯一の後継者だった。そのため王党派のうけた衝撃は計り知れないものがあった。ユゴーはさっそく「ベリー公の死」と題する百五十行のオードを発表した。

白髪の老王よ、急がれよ、いまは寸時をあらそうとき、
ブルボン家のひとりが先祖の懐にもどろうとされている。
いざ、駆けつけられよ、老いの希望だったこの息子のほうに。
あなたの手こそがその目を閉じてやらねばならないのだから。

（『オードと雑詠集』）

感動したルイ十八世はこの青年詩人に五百フランの下賜金をあたえた。ベリー公妃はその年の九月下旬に「奇跡の子供」、ボルドー公を生んだ。ユゴーはその二日後に「ボルドー公の誕生」というオードを書いて発表した。

ああ、歓喜！　ああ、勝利！　ああ、神秘！
彼は生まれた、栄光ある子が
天国に向かっている殉教者が地上に約束した天使が
覆われていた未来が、いま現れる。

（同上）

公妃はいたく感動し、王室から新たな下賜金をあたえるよう取りはからった。ルイ十八世が一八二四年に没し、弟のシャルル十世の代になったが、ユゴーはあいかわらず王室の愛顧に浴していた。翌年六月にランスでおこなわれたシャルル十世の国王聖別式にラマルチーヌらとともに招待され、パリにもどると「シャルル十世聖別式をうたうオード」を一気呵成に仕上げて六月十八日に発表した。その一節。

そこでは王座の輝きと祭壇の輝きが互いに応え合う。
松明の花綱が清らかな光線を織り混ぜる
この聖なる場所に。
王家の百合が守護のアーチに絡み、
太陽は円いステンドグラスを透かして
燃えるバラを花々に添える。
（同上）

このオードは読者の評判はもとより、宮廷での覚えはさらによく、シャルル十世は数百部を買い取るばかりでなく、豪華版にして再版するよう命じた。さらにセーヴル焼きの食器類一式をユゴー夫妻に贈った。そのうえで拝謁を許し、笑みを浮かべて若き詩人に、「ヴィクトール・ユゴー！　朕はとうにそなたの素晴らしい才能に感心しておる。そなたのオードをもう一度興味深く読ませてもらうぞ。ありがとう」と言ったという。

しかしユゴーはいつまでも王室のお抱え詩人にとどまっていたわけではなく、やがて古典派の保守的な詩風を刷新する『東方詩集』（一八二九）をはじめ、二十以上の多種多彩な詩集を発表して、フランス詩壇を一貫してリードすることになる。

父親の再発見

一八二一年、ユゴーが十九歳のとき、幼なじみのアデル・フーシェとの結婚に反対していた母親ソフィーが他界し、二十五歳までは親の許可が不可欠だった当時、唯一の親権者の父親が快く同意し、その結婚を認めてくれた。このことが転機となって、ユゴーはそれまで知らなかった父親の人柄と経歴を初めて知り、改めて父親、そして父親の上司ナポレオンに目を向け、徐々に再評価しはじめるようになる。デュマの『モンテ・クリスト伯』の冒頭に生き生きと描かれているように、ナポレオンは復古王政の天敵で、革命の指導者ロベスピエール以上に憎まれていたから、ナポレオンを賛美することは即、反王政復古の振る舞いと見なされた。この時期の一八二三年四月に書かれた「父に捧げる」という詩がある。

フランス国民よ、戦勝の棕櫚がきみたちを飾る。
独裁者に服しながらも、きみたちはなお偉大だった。
あの非凡な先導者はきみたちによって栄達をとげたのだ。
彼の不朽の名声はきみたちの栄光のうえに築かれている。

だからなにをもってしても、世界の歴史から消せないだろう、
きみたちの剣によって刻まれた彼の名を。……
父よ、さあ、旅の天幕をたたんで、
語られよ、波瀾の道の難儀の数々を、
今宵、固唾《かたず》を呑んであなたを取り巻く私たちに。　（同上）

ここで独裁者、非凡な先導者の彼とはナポレオンのことである。ナポレオンはこの二年まえ、すなわち母ソフィーが他界したのと同じ一八二一年の五月にセント・ヘレナで死んでいた。このようにナポレオンを称えるなど母親の生前には考えられないことだったが、母の呪縛から解放され、父と和解した結果、ナポレオンは「簒奪者」とか「コルシカの鬼」などという王党派的な呼び名ではなく、たしかに独裁者だったかもしれないがフランス史のなかに「不朽の名声」をもつべき存在だとされている。このようなナポレオン観の急速で明らかな変化をもって、ユゴーの王党主義離脱の第一歩とみなしうる（なお、『レ・ミゼラブル』第三部でマリユスが父親ポンメルシー大佐の死を機に復古王政下でのナポレオン軍残党の惨状と真情を知り、唐突に王党主義から熱烈なボナパルト主義に転じるのは、このようなユゴー自身の父親との関係に由来するものと考えてよい）。

ナポレオン伝説

ただ、ユゴーの変身は必ずしも母親の死、父親との再会という家族的な理由に尽きるものではない。これには、シャトーブリアンをして「生きているナポレオンは世界をうしなったが、死んだナポレオンは世界を支配する」と言わしめたような歴史状況の変化が絡んでいる。ナポレオンは一八二一年五月にセント・ヘレナで客死したのだが、生前随員たちにみずからの弁明と遺志を口述させていた。二三年暮れには、ラス・カーズの名高い『セント・ヘレナ日記』が出て一大ベストセラーになり、その後、付き添いの医師や侍従などの回想録や証言が続々出版されるとともに、ナポレオン自身の有名な『遺書』も公刊されて、皇帝を再評価し、美化するいわゆるナポレオン伝説が急速に広まっていった。復古王政下のフランスで、平民の出身ながらヨーロッパを征服し、フランスを栄光ある偉大な国にした英雄として著しく美化されたナポレオン伝説が、にわかに強い郷愁と追慕の対象になってきたのである。

というのも、ブルボン王朝の復古王政は自力で勝ち得られたものではなく、オーストリア、ロシアなど同盟軍に「押しつけられた」政体であり、フランスは事実上ウィーン体制の桎梏《しっこく》を免れず、メッテルニヒの監視下にあった。だから、そのような誇りと偉大さを欠いた自国の姿が心あるフランス人の自尊心とパトリオティズム（愛郷心、愛国心）を傷つけていたのである。「死せるナポレオン」はそのように傷つけられた自尊心とパトリオティズムを覚醒させ、活性化させたのだった。

ウィーン体制確立の立役者メッテルニヒが、フランスで急速に再生しつつあった英雄ナポレオンの亡霊を怖れたのも当然で、もしこのような国民的風潮を放置すれば、ワーテルローのあと一八一五年以来のウィーン体制の基盤そのものが揺らぐことになりかねなかった。そこでメッテルニヒは二七年二月、パリのオーストリア大使館で開いた舞踏会の受付で、招待されたナポレオン帝政時代の元帥たちの名前、たとえば「タラント公」を「マクドナルド元帥」と、「ダルマチア公」を「スールト元帥」などとわざと取り違いさせて、ナポレオン帝政時代の征服者的な称号を意図的に無視し、あえてフランスの戦勝地を地図上から消そうという嫌がらせをして、警告したのである。それを感じとった元帥たちは立腹し、打ち揃って馬車で帰宅してしまった。

このニュースを知ったユゴーは大いに憤慨し、四人の元帥とともにナポレオン軍の将軍だった父親の屈辱感と無念を晴らすべく、「ヴァンドーム広場の記念柱に寄せるオード」と題する詩二千行を猛然と書いた。その一節を以下に引くが、ここでヴァンドーム広場の記念柱とはナポレオンの戦勝を記念するために、帝政時代にドイツ、オーストリア軍からぶんどった大砲を溶かしてつくった記念碑のこと、そして、ヴァンデは王党派のことだから、王党派も国辱を晴らすためにはワーテルロー、すなわちボナパルト派と手を結ばねばならないと言っている。

気をつけよ、――新たな世代が生い育っているフランスは
甘んじて侮りをうけるほど生気をなくしてはいないのだ。
数ある党派も、しばし、党員名簿に覆いをかけるだろう。
いまやこの侮辱に、みながひとつになって、立ち上がる。
みなが武器を取り、ヴァンデが剣を研ぐことだろう、
　ワーテルローの砥石にかけて。

そうだ、同胞よ！　そうなのだ。希望に燃える
　わが世代のフランス人よ！
ぼくらはみな、幕舎の入口で生い育ったのだ。
平和に縛りつけられた同胞よ、蒼穹を追われた
　鷲の子供たちよ、

せめて父たちの残した武勲を一途に見守る
歩哨となって、いかなる侮辱にもさらされないよう
　心がけよう、
ぼくらの祖先の甲冑だけは！

（『オードとバラード集』）

ここで「鷲」はナポレオンの象徴だから、「鷲の子供」とはじぶんたち若い世代のナポレオン支持者という意味になる。明らかにユゴーは正統王党主義とは相容れない、みずからの紛れもないボナパルト的パトリオティズムを全面的に押し出しているのだ。その結果、この問題で恥ずべき沈黙を保っていた王党派からの離脱の意志はさらに強固になった。これにとどまらず、彼はさらにナポレオン伝説への傾斜をつよめていく。引きつづき翌年、「当時の私は雲つく身の丈の巨人であった」というナポレオンの言葉をエピグラフに掲げて、「彼」と題するこんな詩を書いている。

とこしえに彼がいる！　いたるところに彼がいる！
　燃えるような、また凍るような、
彼の姿がたえず私の思いを揺する。

彼は私の精神に創造の息吹を吹き込む。
私はふるえ、口には言葉があふれる、
　巨大な彼の名前が後光に包まれて
私の詩のなかにすっくと立ち上がるとき……
そうだ、あなたが現れるとき、称えるにしろ
　責めるにしろ
私の燃える唇には、数々の歌がひしめいて飛ぶ、
ナポレオンよ！　私がそのメムノンである太陽よ！

（『東方詩集』）

ここでメムノンとは太陽が昇ると歌うというエジプトの巨像のことであり、ナポレオンに霊感を得て歌う詩人の喩えだというのが一般的な解釈だが、またメムノン Memnon は même nom（同じ名前、メム・ノン）という意味にもなるから、この詩によってユゴーは「私はナポレオンと同じ名前だ、代弁者だ」と言っているに等しく、ユゴーにおけるナポレオンとの一体化の願望、英雄崇拝の熱度がさらに高くなったことを示している。

もっとも、この時代のフランス・ロマン主義作家はなにもユゴーにかぎらず、ヴィニーにしても、ネルヴァルにしても、多少なりともナポレオン崇拝を共有していた。このこと

に関して、かつてナポレオンに敵対したシャトーブリアンでさえ『墓の彼方の想い出』のなかで、「ボナパルトからそれに続いたものに転落することは、現実から虚無のなかに、山頂から深淵に落ちることである。すべてはナポレオンとともに終わったはずでないか。しかし彼以外にどんな人物が興味を惹くというのか。あのような人物のあとで、だれが、なにが問題になるというのか」と指摘し、理解を示していた。

さらにこのような一八三〇年前後のフランス・ロマン派のナポレオン以後の精神的な空白感、欠落感について、ナポレオンと有名な歴史的出会いをしたゲーテもまたこう看破していた。「ナポレオンの例が、とくに、あの英雄の下で成長したフランスの青年たちの間に利己主義を引き起こした。そして彼らは、ふたたび偉大な専制君主がじぶんたちのなかから生まれないうちは収まらないだろうね。ただ残念なことに、ナポレオンのような人物はそう易々と生まれてくるものではない」（エッカーマン『ゲーテとの対話』山下肇訳）。

ここで「利己主義」を集団的なもの、すなわち大革命以後の「国民主義《ナショナリズム》」と解すれば、ゲーテのこの言葉は当時のフランス・ロマン派の青年たちのイデオロギー的な無意識をよく言い当てている。つまりナポレオン伝説は結局、オーストリアなど同盟国に追従する復古王政体制への不満と抑圧されたパトリオティズムの発露だったのだと。

王党主義との訣別

ユゴーはのちに、『レ・ミゼラブル』第三部のなかで、父親の死後急に熱狂的なボナパルト主義者になったマリユスについて、「宗教へのあらゆる新参者のように、彼はみずからの改宗に酔い、加入を急ぐあまり、先に行き過ぎてしまおうとしていた。……剣による狂信が彼を襲い、心のなかで、思想にたいする熱狂と絡みあってしまった。だが彼は、じぶんではそうと気づかずに、天才と力を結びつけ、天才と力を混同しながら、力を崇拝していたのだ」と述べている。しかしこれはこの三十年後、ナポレオン三世との対立、国外追放というつらい経験を経てからやっと、六十歳のユゴーが二十五歳の若いじぶん自身にたいしておこないえた批判と反省だった。この時期の彼はまだまだ「力を崇拝」し、「天才と力を混同」しつづけている。じつはナポレオンはフランス革命の継承者にして人民の解放者を自任していたものの、農民層から容赦なく徴兵し、官報以外の新聞発行を許さないくらいに言論の自由を蹂躙する独裁者だったのだが、当時の彼にはそのことは念頭になかった。そのためいよいよ、ナポレオン崇拝が昂じ、王党派との最終的な訣別は時間の問題になってきたのである。

その決定打となったのは、彼が活動を詩作から劇作に広げた一八二九年八月の史劇『マリオン・ド・ロルム』の検閲と上演禁止という事件だった。この史劇はフランス十七世紀のブロワを舞台に元高級娼婦と一本気の清廉な男性ディディエの悲恋を扱うものだが、ここでは実力者リシュリュー枢機卿が圧倒的な存在感を発揮し、国王ルイ十三世の影がいたって薄い。これが観客に、現在の首相ポリニャックらと老いたるシャルル十世の関係を連想させる怖れがあるので、しかるべき訂正をおこなうべし、というのが内務省の命令だった。

だが、ユゴーは頑として拒否した。すると数日して、検閲当局は上演を禁止するという判断をくだした。そこでこの二十七歳の詩人は、大胆にも国王シャルル十世の謁見を求めた。国王は翌日に内閣改造をひかえていたにもかかわらず、拝謁を許し、ユゴーの言い分にしばし耳を傾けた。ユゴーが詩で書いていることをここでは散文で示すと、以下のようになる。

陛下、君主制にはいささかの敵意もないこの作品について、どうか寛仁な裁可をたまわりますよう。私は君主制にたいしてつねに献身的につかえてきた者であり、このたびのような懲戒をうけるいわれはないのであります。拙作はだいたいその日の気分によって決定をくだす愚かな人びとによって不穏なものと判断されたにすぎません。

陛下、もし陛下が演劇だけでなく、新聞の検閲も廃止されるなら、人民の目にますます偉大に見え、大いに祝福されるでありましょう。

（『光と影』）

このようにユゴーは演劇の自由のみならず、新聞の検閲廃止まで求めるという、やや出過ぎた要望までしたのだった。王は聞き置くという程度の返答をしたあと、謁見の終了を告げるため、ふっふと笑って呟いた。「はは、これが詩人というものか！」しかし、やがて新内務大臣が「国王は貴殿の作品を読まれたが、上演の許可をあたえられぬことを遺憾とされている。ただその埋め合わせのため、政府としては貴殿にしかるべき顕職を用意するつもりである」旨伝え、内閣参与もしくは大使など、それに類する身分に任命するがどうかと尋ねてきた。

およそ「忖度」や「卑屈」などという言葉が辞書にはないユゴーは当然ことわったが、翌日、内務省から手紙が届いた。内容は国王が貴殿の長年の功績に報いるため、これまでの二千フランにくわえ四千フランの報酬金を下賜されるというものだった。ユゴーはその場で、丁重だがきっぱりした筆致で国王の新たな恩情＝懐柔を辞退する手紙をしたためた。

すると、翌日の《グローブ》紙が「最初の文学的クーデター」という挑発的なタイトルで、「ヴィクトール・ユゴー氏は、思想の自由に反対するこの死闘において、最初の政治的一撃をうける栄誉に浴した」と報じた。さらに《コンスティシオネル》紙は誇らしげに、「青年は大臣たちが期待するほど買収しやすくはないのだ」と書いた。

このように二十七歳のユゴーは言論の自由、とくにみずから信じる言葉の至上権を護るためには一身を省みず、時の権力者に対峙することも辞さないという、最初の経験をしたのだった。以後彼は、何度も検閲、すなわち言論と権力の軋轢《あつれき》・衝突の問題に遭遇するが、このような不羈《ふき》の原則は見事に一貫していた。と同時に、彼はこれを機に政治的には決定的に王党派を離れ、民主主義的ボナパルティスム、あるいは愛国的自由主義の原則の立場を選択した。これは賢明な選択だった。間もなく革命が起こってブルボン王朝があっけなく崩壊するからである。

七月革命

そのまえの一八三〇年二月二十五日、それまで支配的だった保守的な古典派の演劇作法に挑戦した、文学史上「エルナニ合戦」と呼ばれて名高い戯曲『エルナニ』初演の大成功で、二十八歳のユゴーは詩壇のみならず劇壇においてもフランス・ロマン派のリーダーになっていた。そしてこの『エルナニ』序文でも「ミラボーが自由をあたえ、ナポレオンが力をあたえた十九世紀のフランスでは文学における自由は政治における自由の娘である」

と高らかに宣していた。その五か月後の七月二十七、二十八、二十九日に勃発したのが「七月革命」だった。この歴史的事件について簡単におさらいしておこう。

しばらくまえから、当時のポリニャック内閣(そして彼を任命したシャルル十世)の悪評は限界に達するほど沸騰し、保守的な新聞を除く自由派その他の多くの新聞が、しきりに政府の反動的な政策に攻撃をくわえていた。

というのも、ポリニャック内閣は前年の八月、シャルル十世が優柔不断なマルチニャック内閣に代えて発足させた、史上稀に見る強権的な極右内閣だったからだ。この新政権が十七—十八世紀の絶対王政を復活させるかのような時代錯誤的な政策をとったため、野党が多数派だった代議院は三月に内閣不信任案を可決した。すると、シャルル十世は五月に議会を解散し、次の選挙を六月二十三日、七月四日の両日と定めた。だが、この選挙によって勝利したのは政権の思惑とは逆に野党のほうだった。そこで野党の自由派の新聞はますます厳しい政府批判をおこなった。そのため、これは古典的な手法だが、政府は七月五日に軍の主力をアルジェリアに派遣し、その地を植民地にすることによって、世論の目を国外に向けようとしたが、それでも不充分だった。

シャルル十世は三週間ほどためらったあと、七月二十五日に新たな議会解散、出版の自由の停止、選挙法改悪、新選挙法による選挙の九月実施を命ずるなどあからさまに反動的かつ権威主義的な「七月王令」を発布した。これが引き金になってパリの自由主義者、共和主義者、ボナパルト主義者、学生、民衆が反乱を起こし、それを鎮圧しようとする政府軍にたいしてバリケードを築いて抵抗、パリの要所を占領してポリニャック内閣を退陣に追い込んだ。そのため国王シャルル十世もついにイギリスに亡命せざるをえなくなり、それとともにアンリ四世以来二百年つづいたブルボン王朝があっけなく終焉を迎えた。そして、この復古王政に代わって成立したのが共和政ではなく、自由主義的保守派の歴史家アドルフ・チエール、銀行家のジャック・ラフィット、カジミール・ペリエ、それにアメリカ独立戦争に参加するなど開明主義で知られるラファイエット将軍などが加わり、ブルボン家の傍系、オルレアン家のルイ・フィリップを「フランス国民の王」とする、立憲君主制の「七月王政」だった。このようにじつに短時間に成功した革命はのちに「栄光の三日間」と呼ばれることになる。

ユゴーはすでに王党主義を捨て去っていたから、「七月革命」はある意味で彼の思想的転身に歴史が裏書きをしてくれたようなものだった。だから、この一週間後、「一八三〇年七月の革命のあとに詠める詩」と題する長詩を書いて《グローブ》紙に発表したのだが、それはこんなふうに高揚した調子だった。

誇り高くあれ！　きみらは父親たちになんら劣らない。
あまたの戦いによって勝ち得られた人民の諸権利を
きみらは生きたまま経帷子《きようかたびら》から引き出したのだ。
「七月」はきみらの家族を救うため、牢獄《バスチーユ》を焼く
あの美しい太陽を三度あたえたのだ。
きみらの父親たちにはたった一度だったが。

（『薄明の歌』）

「七月革命」をおこなった民衆、労働者、学生たちはこのように「牢獄《バスチーユ》を焼く」フランス革命の精神を直接うけ継ぐものと称えられている。また「栄光の三日間」は三度の「太陽」に比され、ここでブルボン家はあっさりと「経帷子」に喩えられている。

三日、三晩、大窯のなかで
この人民はそっくり火となって沸きたぎり、
イエナの槍の穂先でベアルヌの綬《じゆ》を
引き裂いたのだ。

ベアルヌの綬はブルボン王朝の初代アンリ四世の象徴であり、イエナの槍はナポレオンの力の象徴だから、ここではブルボン王朝は初代にさかのぼって否認され、代わりに堂々とナポレオンが復権している。ただ一部には、このようなユゴーの七月革命についての性急で熱狂的な詩は日和見主義、ご都合主義と見られかねなかった。だが、君子豹変する。ユゴー自身はこの年からつけだした日誌『見聞録』にこう書いている。

一八二〇年の私の王党派的かつカトリック的な古い信念は、この十年来、年齢を重ね、経験を積むにつれて、一つひとつ瓦解していった。……ある男について、彼の政治的な意見は四十年来変わらなかったと言うのは、その男を褒めたことにはならない。それは淀んだ水や枯れた木を褒めることだ。

王党主義はあっさりと「淀んだ水」「枯れた木」に喩えられている。じっさい、先述のとおり、ユゴーの政治的な転身は自作の演劇の検閲をめぐる復古王政との公然たる対立、また「彼」や「ヴァンドーム広場の記念柱に寄せるオード」などナポレオン再評価の詩以後、すでに自発的になされてきたのであり、なにも七月革命によって初めて触発されたものではなかった。

七月王政への幻滅

けれどもユゴーの「七月革命」への熱狂はそう長くはつづかなかった。というのも、「七月革命」はけっして民衆の革命ではなく、じっさいには金融資本を背景としたブルジョワ自由主義者たちがブルボン王朝を見捨て、御しやすいと見たオルレアン家のルイ・フィリップを担いだ、大革命以上のブルジョワ革命だったのである。だから、この七月王政は必ずしも大衆の支持をうけず、政権基盤が不安定だったため、その後も各地で民衆蜂起が絶えなかった。ユゴー自身も「一八三〇年は道なかばでとまった革命だった。半分の進歩、およその権利。……だれが革命を道なかばでとめたのか？　ブルジョワジーである」（『レ・ミゼラブル』第四部第一篇第一章）とはっきり述べている。

そのため、一八三〇年の「七月革命」を担った者たちをフランス革命の正統な後継者だと認めて熱烈な賛美の詩を捧げたユゴーも、翌三一年、政府から七月革命一周年記念のオードを依頼され、「死者たちへの頌歌」を書いたのだが、国王その他政府のお歴々臨席のもと、パンテオンで歌いあげられたその内容は、けっして手放しの新体制賛美ではないのである。

敬虔にも祖国のために死んだ者たちには
群衆に柩にきて、祈ってもらう権利がある。
もっとも美しい名のなかでも彼らの名がいちばん美しい。
どんな栄光も彼らのそばを通ると、はかなく潰える。
われらが永遠のフランスに栄光あれ！
フランスのために死んだ者たちに栄光あれ！

（『薄明の歌』）

これは七月革命、あるいは七月体制それ自体を称えるためではなく、もっぱらこの革命で命を落とした二千人ともいわれる死者のために祈る内容なのである。この著しく熱狂に欠けた消極的な頌歌は、七月革命に幻滅した当時のユゴーの精神状態をよく反映している。

ナポレオン礼賛

この時期、ユゴーが七月王政にたいして不満をもつ理由がもうひとつあった。ルイ・フィリップと彼に任命された内閣は国内宥和をはかるため、王政復古時代にタブー視されたナポレオンの第一帝政への郷愁を公言し、称賛する人びとを許容せざるをえなかったので、ナポレオンをテーマとする芝居などが競って上演され、人気を博すようになった。そのような風潮に敏感だった一部の議員がセント・ヘレナのナポレオンの遺灰をパリにもどし、ヴァンドームの円柱のしたに埋葬する旨の法案を下院に提出した。ところが当時の議会はたいした審議もせずあっさりと廃案にした。このときばかりはユゴーも憤って「記念柱に」という詩を書いて発表した。二七年の「ヴァンドームの記念柱に寄せるオード」がオーストリア政府に向けた義憤だったのにたいし、「記念柱に」は国内の議員、為政者にたいする憤慨だった。

いや、彼らが不滅の遺骨を斥けたのは
それに嫉妬し、そのまえで震えるからだ！
すっかり青ざめるからだ！
頭上に皇帝を戴き、
彼らのお祭りの提灯が
アウステルリッツの太陽によって
翳ってしまうのを怖れるからだ。

（『薄明の歌』）

アウステルリッツはむろんナポレオンの輝かしい戦勝地であり、「嫉妬し、そのまえで震える」となじられているのは七月王政の為政者たちである。要するに、彼らには大革命からナポレオンに引き継がれた偉大さ、高邁さの精神を引きうける器量がないと非難されているのである。

ただちょうどこのとき、「不滅の遺骨」に心を寄せるこの詩にことのほか感銘をうけた者がナポレオン一族のなかにいた。ナポレオンの兄で、ユゴーの亡き父を庇護してくれたジョゼフ・ナポレオンである。彼はシュルヴィリエ伯爵の名前でアメリカに亡命していたがロンドンに移り、やがて復古王政が終焉を迎えたので帰国を願いはじめ、新議会に向けて書くべき手紙の内容についてユゴーに相談してきたのである。これにたいし、ユゴーは一八三一年九月六日、ジョゼフ元スペイン王に丁重な手紙を書き送った。そこで彼は父親へのかつての友情と厚情に感謝し、次のフランス指導者としてナポレオンの第一子ローマ王に期待するフランスの若者を代表して微力を尽くしたいと申し出ている。

陛下、私を頼りにしてください。この世で最高の名前の継承者のためにできるかぎりのことをいたします。このお方がフランスをお救いなさると私は信じます。私はそのことを言い、書き、印刷いたします。陛下が私の父、家族にしてくだされたことは、片時たりとも心と記憶から離れません。忠実な兵士として、あらゆる攻撃、あらゆる中傷に抗して、ナポレオンの名を可能なかぎり高く掲げ、守ることにより、私はみずからの良心と感謝を満足させる所存です。かくしてこそ、みずからの義務を果たし、負債を返すという二重の幸福が得られるものと存じます。

これではっきりわかるのは、じつはこの時期のユゴーの「意中の君主」がナポレオン二世（ローマ王、ライヒシュタット公爵）だったということである。彼が七月王政にたいする違和感を覚えた秘かな一因もそこにあった。彼はこの時期、「ナポレオン二世」と題して、ナポレオンがヨーロッパにたいしてみずからの後継者を披露するという内容の、こんな幻視者的な詩を書いている。

由緒ある王家にも国民にも
わが王座の後継ぎを存分に見せたあと、
ナポレオンは高揚し、高山の峰に飛来して
とまった鷲さながら、
足下の王たちをひとり残さず、じっと
見下ろしつつ、

崇高な姿で、歓喜にあふれつつ叫んだ、
「未来よ！　未来よ！　未来は私のものだ」と。
（『黄昏の歌』）

だがこのナポレオン二世も翌年、囚われの身のままオーストリアで死ぬことになる。復古王政が消滅し、七月王政に同調できず、希望の星ナポレオン二世が他界したいまや、ユゴーにとって望ましい政体は存在しなくなった。そこで当分、ホラティウスの文句「正しく固い決意をもつ人間は、蜂起する民衆の狂乱にも、独裁者の威嚇する顔にも揺るがされない」をモットーとして時流に背を向け、創作に専念するほかなかった。

一八三二年六月暴動

満三十歳になったユゴーは想定外の、忘れがたい政治的事件に遭遇することになる。一八三二年六月暴動である。
この年の春前から中央アジア、東ヨーロッパに発したコレラがフランス、パリにやってきて猛威をふるい、人口の二パーセント、一万八千人もの犠牲者が出た（フランス国内では四万人）。犠牲者の多くは衛生状態が悪い貧民層に属していたものの、銀行家で時の首相カジミール・ペリエもまた死を免れなかった。さらに、革命時代、帝政時代の英雄で、この時期には自由主義のリーダー格の代議士だったマクシミリアン・ラマルク将軍が斃《たお》れ、その葬儀が六月五日にあった。そしてこの日に民衆が蜂起したのである。

ユゴーはのちにこの蜂起を、『レ・ミゼラブル』の第四、五部で壮大な「サン・ドニ通りの叙事詩」に仕立てたのだが、とっさには必ずしも肯定的にとらえていなかった。蜂起の初日、彼はいつものように、自宅近くのチュイルリー公園を散歩しながら詩作にふけっていた。ところが、突然公園の柵が閉められ、東の方角から銃声が聞こえてきた。レ・アル（中央市場）地区で暴動騒ぎがあり、これを軍が鎮圧しているのだという。ユゴーは歴史の証人となるべく、家には引き返さず、東のレ・アル地区に足を向けた。そしてこのとき二十七のバリケードが路上に出現するのを目の当たりにした。『レ・ミゼラブル』第四部第十篇第四章にはこのときの体験がこう書かれている。

夕方六時ごろ、ソモンのパッサージュが戦場になった。蜂起者が一方の入口を押さえ、軍隊が反対側の入口を押さえていた。一方の鉄柵からもう一方の鉄柵へと銃火が交わされていた。ひとりの観察者、夢想家、つまり筆者はその火山を近くまで見にいったのだが、ふと気がつくと、双方の銃火にはさまれたそのパッサージュにいた。弾丸から身をまもってくれるものは、ふたつの店を隔てている半円柱のふくらんだ部分しかなかった。筆者はほぼ半時間近く、そんな心細い位置にいたのだった。

じっさいの体験がこの程度の傍観者的なものだったのだから、ユゴーはこの出来事について『レ・ミゼラブル』で描いたほど広範・深長な見聞をおこなったわけではない。きわめて荘重な文体で、まるですべてを見てきたかのように、詳細かつ劇的に展開される「サン・ドニ通りの叙事詩」は、ひたすら彼の比類ない想像力と文章力の産物だったのだ。彼はこの暴動を革命的な「蜂起」として美化するために、その後に経験した一八四八年の二月革命や六月暴動などの経験を踏まえて事実をふくらませ、小説的な「真実」に変えるという力業を発揮したのである。

ユゴーの政治思想の変遷という観点からいえば、このときの経験が共和主義志向の転機になったのは確かだろうが、当座はまだ「ラマルクの葬列の蜂起。血の海に溺れた狂気。われわれはいつか共和政をもつことになるだろう。それがやってくるときには良きものになるだろう。しかし、八月に熟す果物を五月に摘み取ることはやめよう」（『見聞録』）といったように、いたって消極的な留保をしていた。「民衆の狂乱」にたいする彼の態度はかなり冷淡であり、フランスの民衆の現状では共和政はあくまで時期尚早で、人民が教育によってもっと知的な向上を果たして成熟し、みずからの自由な判断によって政治行動をおこなうようになれることが先決だと考えていた。ただそうかといって、彼は必ずしもローマ王なきあとのボナパルト家再興を夢見つづけたわけではない。
この年末にユゴーはロンドンにいるジョゼフ・ナポレオンから再度手紙をうけとり、ナポレオン二世亡きあと、ボナパルト家再興の方策をどのようにすべきか相談された。彼は熟考し、ひと月半後の翌年二月二十七日に、きわめて巧妙なこんな返事を書いている。

昨年の喪失（ナポレオン二世の死）がいかに大きなものだったとしても、未来がご家族にたいする敬意を欠くなどありえません。ご一家は歴史のなかでももっとも偉大な名をおもちになっているのですから。
じつを申し上げれば、私たちは君主制よりも共和政のほうに向かって歩いております。しかし、陛下のような賢者には、政体の外形などさして重要なものではありません。陛下は過去においてすでに、共和国の市民たるすべを心得ておられることを堂々とお示しになられたのですから。

これは共和政以上に、ボナパルト家再興も必ずしも現実的な選択肢ではないことを婉曲に述べたものである。彼は共和政への親近感を匂わせながら、ジョゼフ・ナポレオンにいかなる言質もあたえないように慎重を期しているのだ。もっともこの時点で彼自身もまだ、みずからの進むべき政治的方向をそうはっきりと見定めていたわけではなかった。

皇帝の帰還

それでもユゴーの年来のナポレオン熱が冷めたわけではなく、ずっとつづいていた。たとえば、一八三二年の史劇『王は愉しむ』上演禁止に抗議して起こした裁判でも、「今世紀には偉大な人物はひとり、ナポレオンしかいません。偉大な事柄はただひとつ、自由しかありません。私たちにはもはや偉大な人物はいません。せめて偉大な事柄をもつようにしようではありませんか」（『言行録』）と場違いにナポレオンを引き合いに出しているし、そのかなりあとの四一年に四度目の挑戦でアカデミー会員に選出された折りでさえも、前任者の讃辞ではじめるのが恒例の就任受諾演説を、いきなり「皆さま、今世紀の初め、諸国民にとって、フランスは素晴らしい光景でした。ひとりの男がフランスを支配し、フランスをじつに偉大にしたために、フランスはヨーロッパを支配するようになったのです。彼は天才、運命、行動によって君主でした」と唐突なナポレオン賛美を長々とおこなって、王党派が大半を占めるアカデミー会員たちの顰蹙《ひんしゅく》を買ったほどだった。

彼のナポレオン熱がもっとも高まったのは一八四〇年五月、七月革命から十年しても一向に衰えぬ大衆のナポレオン人気をなんとか利用しようとした時の首相チエールが、セント・ヘレナにある皇帝の遺灰をフランスにもどす手立てを講じたときだった。我が意を得たユゴーは、早々と「皇帝の帰還」と題する長大な詩を書きあげた。その一節。

陛下、あなたはあなたの首都にもどられます、
早鐘もなく、戦闘もなく、争乱や激情もなく、
八頭立ての車で、凱旋門のしたを、
皇帝の服装で！
神があなたに付き添った、あの同じ門を通って、
陛下、あなたは崇高な車に乗ってもどられる。
栄誉と王冠に飾られ、シャルルマーニュのような聖人、
カエサルのような偉人として。

（『諸世紀の伝説』）

ナポレオンが生神のようにシャルルマーニュ、カエサルに喩えられ、手放しに称えられているこの詩は十二月十五日の式典の前日、小冊子のかたちで公刊され、大衆のあいだで大好評を博した。

式の当日はきわめて寒い気候だったが、ユゴーは政府の招待をうけ、廃兵院の広場にしつらえられた観覧席に赴き、その場でとった（とは信じられない、二十一頁にもわたる長い）ノートを「皇帝の葬儀」と題して『見聞録』に残している。これによれば、ユゴーはこの式典の準備と進行に大いに不満だった。彼が詩篇「皇帝の帰還」で思い描いていたのとはまるで違っていたのだ。その不満の一端をこう洩らしている。

この式典全体に奇妙なごまかしの性格があったことは確かだ。政府はみずから呼び出した亡霊を怖がっているようだった。みんながナポレオンを示すと同時に隠しているようだった。あまりにも偉大、もしくは感動的だったものを闇に残したままだった。現実的なものと壮大なものを多少なりとも華麗な見せかけのしたに隠し、帝国の行列を軍隊の行列で、軍隊を憲兵隊で、議院を廃兵院で、柩を墓標でごまかしていた。それよりは、ナポレオンを素直に受けいれ、その長所を認め、皇帝として堂々と大衆的に扱うべきだったろうに。

つまりユゴーは、「私はセーヌ河畔、私が深く愛したフランス人民の裡に、私の遺骸が葬られることを希望する」というナポレオンの遺言が腰の据わらない政府の不適切な対応によって裏切られ、台なしにされたと憤慨しているのだ。そこで彼は時を置かず、これまで書いた「皇帝の帰還」をふくむ、「彼」「ヴァンドーム広場の記念柱に寄せるオード」など、ナポレオンを謳った十一篇の詩を集めた詩集『皇帝の帰還』を刊行して話題をさらった。ナポレオン伝説を安易に政治利用しようとした政府の思惑は、結局、詩人ユゴーの文学的人気を高めるのに貢献しただけだった。

ナポレオン一族の帰国

主題から逸脱するのでくわしい経緯は省略して、簡単な説明のみにとどめておくと、一八四五年、ユゴーは「七月王政」を支持しているわけでもないのに、ルイ・フィリップ国王によって貴族院議員に任命された。少年のころからの「ぼくはシャトーブリヤンのような人間になりたい。それ以外はぜったい厭だ」といった夢が実現したのである。国王からそのように厚遇されたのは、たまたま皇太子オルレアン公の后エレーヌが詩人ユゴーの愛読者だったという機縁があったからだった。ユゴーはしばらく皇太子夫妻の愛顧にあずかっていたのだが、青天の霹靂《へきれき》のような出来事が四二年七月十三日に起こった。未来の国王としてユゴーも期待していたオルレアン公が馬車の事故のために三十一歳の若さで他界したのである。ユゴーはこの年たまたまアカデミー・フランセーズの院長に選ばれていたので、この学術機関を代表して、国王に弔辞を述べることになった。

陛下、王室の血は国民の血であります。王室とフランス国民とは同じ心をもっています。一方の被る痛手は他方をも傷つけずにはおきません。いまやフランス国民は深い哀悼の意をこめて王室を見守っております。陛下、神とフランスの求めるままに、どうか長寿をまっとうされんことを！

（『言行録』）

この弔辞はルイ・フィリップをいたく慰め、感銘をあたえて、国王はユゴーに、今後ともチュイルリー宮殿にきて、話し相手になってもらいたいと伝えた。ユゴーはこの言葉にしたがい、やがて国王の陰の顧問という格好になっていった。そしてこのような世俗的昇進のため共和政への志向はしばらく沙汰止みになった。

七月王政の国王は政治的な実権はあまりなかったが、大臣と貴族院議員の任命権があった。ユゴーはその国王特権の恩寵に浴したのだった。なお、ユゴーのナポレオン熱との関係で付言しておけば、ルイ・フィリップはナポレオン軍の将校だったスールト元帥を首相に指名するなど、旧ナポレオン軍の重臣たちにたいして比較的寛容だった。

また『レ・ミゼラブル』第四部第一篇第三章「ルイ・フィリップ」によれば、「かつて王座についた君主のうちで最良のひとり」だったというこの国王は、父の平等公フィリップが大革命時にギロチンにかけられるのを見て以来、死刑制度に強い嫌悪感を抱いていた。ユゴーもまた一八二九年の小説『死刑囚最後の日』に見られるように、生涯一貫して徹底した死刑反対論者だった。ふたりにはそのような共通点もあった。

じっさいは、ユゴーは以前の三九年にすでに、革命蜂起で死刑判決をうけたアルマン・バルベスの恩赦を国王に嘆願して受けいれてもらい、「一八三九年七月十二日に宣せられた死刑停止のあとの、ルイ・フィリップ国王に」という長い題名の四行詩を書いたことがあった。ユゴーが畢生の大作小説『レ・ミゼラブル』でわざわざルイ・フィリップのことを取りあげたほど親近感を隠さなかったというのも、そのような理由があってのことだった。そんな経緯があって、四七年七月、元ウェストファリア国王で、ナポレオンの末弟ジェロームが祖国帰還を求める嘆願書を提出したとき、貴族院はその可否を審議した。ここで異彩を放ったのはヴィクトール・ユゴーのこんな熱弁だった。

貴族院議員の皆さま、ナポレオンの罪、それは宗教を再興したこと、民法典を制定したこと、フランスをその国境を越えて拡大したことであります。それはマレンゴ、イエナ、ワグラム、アウステルリッツであり、かつてひとりの偉大な人間がひとつの偉大な国民にもたらした、もっとも華麗な権力と栄光の贈り物でありました。貴族院議員の皆さま、この偉人の弟がいま、皆さまに嘆願しているのであります。こんにち嘆願しているのはひとりの老人、昔の王であります。どうか彼に祖国の地を返してやってください。ジェローム・ボナパルトはその前半生、フランスのために死ぬという、ただひとつの望みしかもっていませんでした。その後半生はフランスで死ぬという、ただひとつの考えしかもっていないのです。どうかこの願いを却下しないでいただきたい。

（『言行録』）

このようにユゴーは年来のナポレオン賛美を改めておこなったうえで、王政復古以後、永年国外追放されたままのナポレオン一族の帰国願いを熱く弁護した。ユゴーの演説は、ジェローム・ナポレオンはもとより、直接だれかに頼まれたわけでなく、ユゴー自身が自発的におこなったものだった。以前に連絡をとってきたジョゼフ・ナポレオンは一八四四年に他界していた。ただこの帰国願いが審議されたその日のうちに、国王ルイ・フィリップが当時の首相スールト元帥に嘆願書を受理すると知らせていたので、なんらかのかたちで国王の意向が陰の顧問格のユゴーに伝わっていた可能性もある。ともあれ、ナポレオン一族はユゴーの介入で晴れてフランスにもどることができるようになった。ジェローム・

ボナパルトが帰国後ただちにユゴー宅を訪れて感謝したことは言うまでもなく、以後なにかにつけユゴー一家のことを気にかけてくれるようになった。だが、一族の帰国許可の恩恵に存分に浴すことになったのは、皮肉にも、やがてユゴーの天敵となるルイ・ナポレオン、のちのナポレオン三世だった。ユゴーはみずからの盲目的なナポレオン崇拝のために、うっかり未来の不倶戴天の敵の帰国に筋道をつけてやったのだった。

第二章　ユゴーとナポレオン三世

一八四八年二月革命

ユゴーのナポレオン一族弁護の演説から、じっさいにルイ・ナポレオンがフランスに帰国できるようになるまで、まだ一年ほど年月が必要だった。一八四八年という年はドイツ、イタリアなど他のヨーロッパ各地でも革命の嵐が吹き荒れたが、フランスでは歴史的な「二月革命」が勃発した。簡単に説明しておこう。

この革命に先立つ二年まえから、小麦の凶作による農業危機がやがて商工業、金融業に波及して深刻な経済危機に発展、多数の餓死者が出て、大量の失業者が国内にあふれていた。その結果、人口十万のパリには社会に不安を醸しだす浮浪者、ペテン師、掏摸《すり》、泥棒、強盗、娼婦などいわゆる「危険な階級」（ルイ・シュヴァリエ）に属す者が十人に一人の割合でいた。

「二月革命」にはそのような不穏な社会背景があったのだが、直接のきっかけになったのは、選挙権をめぐる政治的対立だった。七十六歳になろうとしているルイ・フィリップの信頼を得ていたギゾー内閣は社会・政治的なさまざまな改革をことごとく退け、「選挙権を得たければ金持ちになりたまえ」と言い放つなど傲慢な現状維持政策に終始していたので、国民にはいたって不人気だった。前年に、選挙資格を得るのに必要な納税額を二百フランから百フランと半額にして、選挙人の数を倍にする（従来のフランス人の四十人に一人ではなく、二十人に一人にする）というデュヴェルジエ・ド・オラーヌが提出した微温的な選挙法改正案でさえ、与党の圧倒的反対で否決されていた。そこで反体制の政治家たちは、選挙法改正を求める「改革宴会」という運動を起こした。パリではじまったこの運動はたちまち地方にも広がっていった。

パリではこの「改革宴会」のひとつが一月十四日に予定されていたが、政府の圧力で二月二十二日に延期された。ところが、政府はこれさえも禁止した。このような権力の濫用が一八三〇年のシャルル十世の反動的な勅令のような衝撃を人心にあたえ、一気に民衆が蜂起することになったのである。

最初のバリケードがコンコルド広場に築かれ、翌二十三日に軍隊がキャプシーヌ大通りで民衆に発砲、五十二人の死者が出た。これで事態が急速に拡大し、パリ市庁舎やブルボン宮などパリ全域に百五十ものバリケードができた。この蜂起者たちに国民衛兵の大半が合流して、《ラ・マルセイエーズ》などの革命歌を歌い、「ルイ・フィリップ打倒！」「ギゾー打倒！」「武器を取れ！」「共和国万歳！」などと唱えながらデモをするようになった。

ルイ・フィリップはあわてて首相をギゾーからモレに、モレからチエールに代え、パリの総司令官にビュジョー元帥を任命したが、事態は深刻になるばかりだった。さらに翌二十四日にチエールをオディロン・バローに、悪名高いビュジョー元帥を別の将軍に代えたが空しく、ついにみずからの退位を認めて、孫のパリ伯に譲位、エレーヌ后妃を摂政とする旨宣言して、ロンドンに逃亡した。ユゴーは親しかったエレーヌ公妃摂政制に秘かに期待し、街頭の民衆に呼びかけて説得しようとしたが、「摂政はダメだ！　国王も女王もダメだ。主人はいらない！」「黙れ、貴族院議員！　フランスの貴族院議員を倒せ！」などと罵倒されて引き下がらざるをえなかった。そしてこの日の手帳のなかで、「偉大なる哀れな民衆は無意識で盲目なのだ！　じぶんが望んでいないことを知っているが、じぶんが望んでいることを知らないのだ」（『見聞録』）と嘆いた。ただ革命的群集がドイツ人の公妃摂政制を貴族院議員に呼びかけられても、聞く耳をもたないのも当然だった。

同じ日、パリ市庁舎ではラマルチーヌを中核とする臨時政府が成立、フランス第二共和政が公布された。ユゴーは内々にラマルチーヌから公教育大臣の地位を打診されたが、じぶんはまだ共和主義者になりえていないと認めて固辞したあと、落胆と痛恨の思いで「来た、見た、生きた」と題するこんな寂しい詩を書き残した。

私はできるだけのことをした、奉仕し、徹夜もした。
だが、苦労してもよく笑いものにされた。

じぶんが憎悪の的になっているのを知って驚いた。
あれほど苦しみ、あれほど働いたのに……
（『静観詩集』）

このように七月王政の貴族院議員としてのユゴーの活動は、必ずしも民衆に支持されるものではなく、嘲笑さえされたのである。民衆は肝心要のときになって、詩人の言葉に耳を傾けなかったのだ。彼の見通しが甘かったのであり、なにかしらの君主政を望ましいと考え、共和政を時期尚早と見ていた彼はすっかり時流に取り残されてしまった。

それでも彼はめげることはなかった。近年彼が考えるようになった「詩人の役割」とはこのようなものだと信じていたから、孤独のうちに閉じこもってしまうことはとうていできず、なんらかのかたちでどうしても政治と関わらざるをえないと考えることに変わりはなかったからである。

兄弟たちにこう言う者に災いあれ、
私は砂漠にもどる、と！
憎悪や醜聞が動揺した民衆を苦しめているとき、
躓《つまず》きに導く者に災いあれ！

おのれを毀損し、無益な歌い手よろしく、
城門のそとに立ち去る者に恥あれ！

詩人は不敬虔の時代にやってきて
より良い明日を準備する。
彼はユートピアの人間だ。
詩人は足をこちらにつけ、目を向こうに向けて、
いつでも、予言者のように、
なにをも持ちこたえられる手のなかに、
侮辱されるにしろ、称賛されるにしろ、
みずから揺り動かす松明として、
未来を輝かせねばならないのだ！

（『光と影』）

ただ、さしあたって彼にはまだ、じぶんの「松明」の色も、「ユートピア」の姿もはっきりとは見えていなかった。「詩人の使命」を発揮しようにも、落胆のなかで打ち出すべき肝心の政治的方向は一向に定まっていなかったのである。

六月暴動

　ラマルチーヌらの第二共和国臨時政府は民衆の圧力をうけて、政治犯の死刑廃止、黒人奴隷廃止、出版の自由、そして普通選挙法の制定など、リベラルな施策を打ちだした。なかでも注目すべきは選挙法改正だった。

　新選挙法によれば、二十一歳以上の男子全員に選挙権を、二十五歳以上の男子全員に被選挙権をあたえるというフランス選挙史上画期的なもので、その結果、有権者の数が七月王政の二十四万人から一気に九百万人に増え、これが来る四月に予定されている第二共和政憲法制定議会選挙から実施されることになった。

　四月二十三日、憲法制定議会選挙があった。ユゴーは二月革命に失望し、とくに支持する政党もないので立候補しなかったものの、パリ選挙区で六万の票を集め、四十八位で落選した。これで俄然ムキになったのか、六月四日の補欠選挙には、みずからすすんで「無秩序への激しい憎悪、人民への優しく深い愛」をスローガンにして立候補、八万七千票を集めて当選し、憲法制定議会の議員になった。このとき、プルードンや、国外にいたルイ・ナポレオンも同時に当選したのだが、議会の共和派から異議が出たため、ルイ・ナポレオンはあっさり辞退した。

ただ、この選挙後の議会の勢力図は、社会主義者や共和主義者、いわゆる左派の期待とは裏腹に、地方の名士たちを中心に保守・中道の右派が大多数を占めた。そしてこの議会が臨時政府に代わる執行委員会の委員に、アラゴ、ガルニエ・パジェス、マリー、ラマルチーヌ、ルドリュ・ロランらを任命し、ルイ・ブランら社会主義者は排除された。とりわけ注目すべきは、戦争大臣にカヴェニャック将軍が任命されたことだが、理由はすぐにわかる。

ブルジョワ富裕層の代弁をする議会にコントロールされる執行委員会が力を入れたのは、金融恐慌から脱出するための信用体系の確立、経済再建のための秩序の回復であり、労働者の生活改善、労働条件の整備ではなかった。そのため憲法制定議会に失望した共和派支持の民衆たちは、五月十五日、ポーランド独立支援を叫んで議場に乱入、議会解散を宣言したあと、市庁舎で新たな臨時政府成立を宣言したが、国民衛兵によってあっけなく鎮圧された。

だが労働者たちは六月二十二日夜、またしても蜂起し、「パンか銃弾か！　自由か死か！」と叫んで、パンテオン広場に続々集結した。そして翌二十三日から四日間、パリの東部を中心に強固なバリケードをいくつも築いて蜂起がはじまった。議会はあわてて戒厳令を敷き、ラマルチーヌに代えてカヴェニャック将軍を首班に任命し、全権を委ねた。その結果、壮絶な「階級闘争、一種の内乱」（トクヴィル）が繰り広げられたが、なにしろ五万の蜂起者に国軍、国民衛兵、憲兵総勢一八万の闘いである。蜂起者に勝ち目はなく、カヴェニャックの仮借ない弾圧が成功し、彼は地方の行政官に向け、「秩序が無秩序に勝利した」と誇らしげに送信した。即時銃殺千五百人、ほかに死者千四百人、逮捕者二万五千人を出したこの血塗られた六月暴動は、以後フランスの人民に消しがたいトラウマを残すものとなった。

じつは議会は全権をカヴェニャック将軍に委ね、武力による制圧を実行するまえに、蜂起者たちに戒厳令と政権の交代を知らせ抵抗を減らす任務を帯びた六十名の代表委員を選んで、ユゴーもその一員にされていた。わずか六十人の議員がばらばらになって、激高した五万の反乱者に政府の決定を通告し、武器を捨てて降伏するよう説得するのだから、だれが考えても危険きわまりない任務だったが、ユゴーは敢然と引きうけ、今度は英雄的に全力を尽くした。この「英雄的」というのは、ユゴー自身が言っていることではなく、チュレーヌ街の鎮圧側のシャアーニュ・セイという名の隊長が三日後に議会でおこなった報告から、おのずと出てくる言葉なのだ。

二十四日土曜の午後二時ごろ、グレーのコートを着て、いかなる記章もつけていない男性が私どものあいだに立って、「みんな、早く決着をつけよう。狙撃戦をやっていても人を殺《あや》めるだけだ。危険に向かって勇敢に進めば、人命の損失は少ない。さあ、前に進もう！」と叫びました。議長、その男性がパリの代表委員ヴィクトール・ユゴー氏でした。氏はなにも武器は持たないのに、先頭に立って突進されました。私どもが家々のあいだの隠れ場所をさがしていても、氏はひとり車道の真ん中に陣取っていました。私は二度その腕を引っぱって言いました。「いまに殺されますよ」「そのために私はここにいる」というのが答えでした。そして氏は「前に進もう！　前に進もう！」と叫びつづけました。このような男性に導かれて、私どもはバリケードに達し、次々と取り払うことができたのです。

ユゴーは軍人の息子だけあって、いざとなると剛胆なところを見せる。翌日、彼はまたサン・ルイ街のバリケードに出向いてこう演説した。「皆さん、私は共和国の議員、詩人のヴィクトール・ユゴーであります。こんな無益な兄弟間の戦争をやめようではありませんか。武器を返しなさい。皆さんの生命は私が保証します。どうかご自由に帰っていただきたい」これにたいする返答は、数発の空砲だけだった。なすすべもなかった。

ただ、そもそもユゴーが一八三〇年の七月革命を支持し、しぶしぶながらこの四八年の二月革命を受けいれたのは、普通選挙が存在せず、労働者には選挙権がなかったので、暴力による以外にどんな政治的な主張もできなかったからだった。ところが、結果はともあれ、ともかくようやく画期的な普通選挙が実施され、せっかく憲法制定議会が発足したばかりだというのに、バリケードを築いて不満をあらわし、革命を起こそうとするのは、あまりにも性急で非民主的・非文明的ではないか。これが彼の考えていたことだった。

六月暴動を外部から観察したマルクスは、『ルイ・ボナパルトのブリュメール十八日』で、これを「ヨーロッパの内乱史上最も巨大な事件」であり、「市民的共和政が勝利した」と述べているが、この騒乱を内部から経験したユゴーは、『レ・ミゼラブル』第五部の冒頭で、このように逆に評価している。

苦しみ、血を流している群衆の憤怒、みずからの生命である原則にたいする見当違いの暴虐、権利にたいする冒瀆などは民衆のクーデターであるから、これは鎮圧しなければならない。誠実な人間なら群衆に身を捧げるが、またこの群衆を愛すればこそ、群衆と闘いもする。だが、群衆に刃向かいながらも、相手の側に立ってみれば無理もない話だと、どれだけ感じていることだろうか！……それでも誠実な人間は、必要ならあくまでやり通す。だが、良心がみたされても、悲しみは残る。義務の遂行は、胸の痛みを伴うのである。……この暴動とは戦わねばならなかったのだ。それが義務だった。なぜなら、この暴動は共和国を攻撃していたのだから。だが、とどのつまり、一八四八年六月とはなんだったのだろうか？　人民の人民にたいする反乱だった。

このようにユゴーはあくまで「無秩序への激しい憎悪」をもち、そのような暴力的な狂乱に未来はないと考えていた。そして、この考えを一生変えなかった。

六月暴動を鎮圧したカヴェニャック将軍は議会多数の支持を得て、戒厳令を継続しながら内閣を指揮し、反動的な政治を推進した。ユゴーは八月一日に議会で戒厳令の解除を、翌月に「死刑は野蛮の永遠のしるし」だとして、「単純で最終的な死刑廃止」を求めたが、いずれも否決された。

そのうち、カヴェニャック政権のもとで、トクヴィルも起草に参加して重要な役割を果たした第二共和国憲法が、十一月四日の議会で七三九対三〇の圧倒的多数で可決された。その骨子は、ともに普通選挙によって選ばれる一院制の議会と一期四年再選不可の大統領制の政体にするというもので、大統領選挙は十二月十日におこなわれることになった。ユゴーはこの第二共和国憲法に反対した三十人のひとりで、独裁制の芽をすこしでも残さないような二院制論者だった。なぜなら一院制だとフランスの政治は不安定で、「嵐に支配される大海」になるからだという。彼の危惧が的外れでなかったことはいずれわかる。

このとき彼がなによりも怖れ、阻止したかったのは、言論の自由を平気で踏みにじるカヴェニャックの独裁政治だった。シャルル十世に逆らったとき以来、表現および出版の自由の擁護は彼の生命線と言うべきものだったのだ。そのために、議会で六月暴動後の最初の発言をした八月一日に、「無秩序への激しい憎悪、人民への優しく深い愛」を標語にした新聞《レヴェヌマン》を創刊した。《ラ・プレス》紙の社主エミール・ド・ジラルダンが技術的な援助をし、スタッフの主要メンバーはユゴーの次男シャルル、三男フランソワ＝ヴィクトール、弟子のオーギュスト・ヴァクリー、ポール・ムーリスらの身内だった。

ユゴー自身は、紙面でじぶんはいっさい関与していないと公言していたものの、だれも信じる者はいなかった。また、この新聞は「思想発表」の場にすると銘打っていたのだが、状況のめまぐるしい変化のなかで、三か月もしないうちに完全な政治紙に変貌し、ルイ・ナポレオンの熱烈な支援、やがて痛烈な批判をおこなうようになった。どうしてそのような事態になったのか。

ルイ・ナポレオンの登場

ユゴーはジェローム・ナポレオン一家と親交があったが、ナポレオンの甥ルイ・ナポレオンを初めて見たのは九月二十六日の議会においてだった。このときのことを「彼は（三時十五分に）登壇し、くしゃくしゃの紙を手に持って読みあげた。みんなが静まりかえって、耳を傾けた。彼が「compatriote（同国人）」と言うとき、外国人の訛りがあった。……彼はゆっくりとじぶんの席にもどり、両脇の同僚に声をかけることもなく座った。黙っていたが、それは元来寡黙というより、むしろ当惑しているためのように思われた」（『見聞録』）と、演説の内容にはなんの関心も見せず、どこか場違いな新参者の登場といったふうに素っ気なく書いている。それでもユゴーは他の議員たちと同じように、この人物がいかなる経歴の持ち主であるかぐらいは当然知っていた。

ルイ・ナポレオンはナポレオン一世の弟でオランダ王であったルイ・ナポレオンと、ナポレオンの皇后ジョゼフィーヌの娘オルタンス・ド・ボアルネのあいだに一八〇八年に生まれた三男だったが、ふたりの兄は早死にしていた。だから、皇帝ナポレオンの甥は、ナポレオン二世の死以後、帝位継承第一有資格者として一族のあいだで認められていた。ただ母親のオルタンスがみずからの母親のジョゼフィーヌに似て貞操観念の薄い女性だったから、「ルイ・ナポレオンにはナポレオン一世の血は一滴もまじっていない」と考える者が当時からあとを絶たなかった。

ルイ・ナポレオンは一八一四年の第一帝政崩壊後、スイス、イタリア、イギリスなどを転々とする亡命生活を送った。「外国人の詭り」はそのせいである。スイスで家庭教師の教育をうけ、イタリアでは炭焼き党《カルボナリ》のゲリラ活動に参加したりして血気盛んな若者だったが、三六年にストラスブール事件と呼ばれる反政府軍事クーデターを起こして失敗、それでも懲りずに四〇年に再度ブローニュから軍事クーデターを企ててやはり失敗し、七月王政に反逆した国事犯として終身刑に処され、アムの城塞に幽閉された。四四年に獄中で『貧困の撲滅』と題するサン・シモン流社会主義的な著作をまとめて発表したあと、四六年にアムを脱獄してロンドンに亡命した。

一八四八年二月の革命によって七月王政が崩壊して第二共和政になり、四月に憲法制定議員の選挙があった。いとこのナポレオン・ジェローム、ピエール・ボナパルトらがコルシカ県で当選したが、彼は立候補しなかった。だが、先述のように、ユゴーと同じく六月四日の補欠選挙には正式に立候補し、キャンペーンもせず選挙民のまえに姿を現すこともなかったのに、四つの県で当選した。共和派はその異常な人気ぶりに不安になって警戒し、選挙は無効だと言いだした。すると彼はあっさり代表権を辞退すると宣言した。これが彼に幸いした。二週間後に六月暴動が起こったが、彼はこの惨事でまったく手を汚さずに済んだからである。

だが、九月十七日の補欠選挙には立候補し、いかなる選挙キャンペーンもおこなわなかったにもかかわらず、今度は五つの県で当選した。そして、九月二十六日の議会に初めてセーヌ県選出の議員として登院したのである。彼がロンドンを発ったのは十三日だったから、パリに着いてヴァンドーム広場のホテル「ライン河」に落ち着いたばかりのところだった。彼が「外国人の訛り」で口にしたのは、「共和国は、私と私の仲間の市民に祖国に帰還する幸せをあたえてくれました。民主的な共和国は私の崇拝の対象であり、私はその司祭になるつもりであります」といった殊勝な挨拶程度のことだったのである。また、長年外国で臥薪嘗胆の日々を送った新帰国者が初めての議会で「当惑」していたとしても、なんら不思議ではない。

十月九日、議会が今度の大統領選挙に立候補する資格を王政および帝政の家族にはあたえないという付帯条項を共和国憲法に明記すべきか否かを審議している最中に、ルイ・ナポレオンが二度目の登壇をし、「私はナポレオン一家の候補者として立つのではありません」とおずおずと立候補宣言をしたとき、ユゴーは「彼はなにか無意味なことしか言わず、会場にどっと失笑が洩れるなかを降壇した」と『見聞録』に記している。議会もユゴーもこの脱獄犯の大統領立候補宣言を無害な冗談ぐらいにしかうけとっていなかったのである。ただユゴーは、憲法によって王政および帝政の関係者にたいして大統領選挙に立候補する資格をあたえないという修正案には断固反対した。まず、だれでもが選び、選ばれうる普通選挙の精神に照らして、ルイ・ナポレオンだけを狙って排除するのは共和国憲法の名に値しないという正論を述べたあと、ルイ・ナポレオンについてこう語った。

私はルイ・ナポレオン議員との面識はなく、一度も言葉を交わしたこともなければ、この議会で私の席と彼の席をへだてている距離をおいて見ただけであります。……いったい、皆さんはルイ・ナポレオンのなにを排除したいと言われるのでしょうか？　人物でしょうか？　名前でしょうか？　人物？　彼は知られていません。私は彼にへつらうつもりも、彼を傷つけるつもりもありませんが、ルイ・ナポレオン・ボナパルトは時代の不幸、彼の幼年時代と青年時代に重くのしかかった亡命のせいで、あらゆる名前のうちでもっとも有名な名前でありながら、市民としてはもっとも知られていない人物であります。それでは名前、排除したいと言われるのはその名前でしょうか？　ああ、諸君、気をつけてください。それなら、あなたがたはフランス人の感情に真っ向から反し、民衆の感情に真っ向から逆らうことになりましょう。たしかにボナパルト将軍がフランス革命に反してなしたことを忘れてはなりませんが、皇帝ナポレオンがフランスのためになしたことも思いだすべきです。用心されるのはいいでしょう。しかし、排除してはなりません。この修正案を採択されるなら、それは亡霊を怖がり、ヨーロッパが感嘆と尊敬の念を惜しみなくあたえているこの名前を包み隠し、政治のなかでもっとも卑小なものによって、歴史のなかでもっとも偉大なものを拒絶することになりましょう。
（『言行録』）

ここでルイ・ナポレオンがもっとも知られていないフランス市民だというのはいささか言い過ぎだろうし、思わずユゴーのナポレオン贔屓の本音が出てしまったのも事実だろう。だが、彼がここで政治においても、歴史にたいしても、きわめて公正な態度を持していることもまた争えぬ事実である。

期待と眩惑

ルイ・ナポレオンはさぞかしユゴーのことを頼もしく思い、敬意を新たにしたことだろう。というのも、彼は一八三六年に『スイス共和国の砲兵隊士官用砲兵術入門』という著作を「深い敬意をこめて」ユゴーに献本したことがあったし、ユゴーがナポレオンに捧げた詩群がフランスにおけるナポレオン伝説の形成に大きな役割を果したうえ、つい一年近くまえの貴族院でナポレオン一族の帰国への道を開いてくれたことを、叔父ジェローム から聞かされていた。さらに先日も議会でじぶんの立場を公然と擁護してくれた。そのため、有権者の数が二十四万人から一気に九百万人に増えた未曾有の普通選挙によって選ばれる、フランス共和国初代大統領選出馬にさいして、是非にもフランスきっての詩人であり、年来のナポレオン・シンパで知られる詩人＝議員ヴィクトール・ユゴーの支援を得たいと考えたのは、いたって当然の話だった。
ルイ・ナポレオンがユゴー邸を訪ねたのは一八四八年十月二十五日、このとき詩人は四十六歳、天性の策士は四十歳だった。簡単な時候の挨拶のあと、ルイ・ナポレオンは爪を隠してほぼこう巧みに述べた。

本日私がこうして参上いたしたというのも、是非私の考えを知っていただきたいからです。私は中傷されています。どうでしょう、私は気がふれた人間に見えるでしょうか？　ナポレオンのやったことをもう一度やろうとしているのだと、みんなが勝手に想像しているのではないでしょうか？　およそ大きな野心を抱く者にとって、範とすべき人物はふたりいます。ナポレオンとワシントンです。ひとりは天才的な人間、もうひとりは有徳の士です。私が天才的になろうと思うのは馬鹿げたことです。有徳の士になろうと思うのは誠実なことです。私たちがみずからの意志によってできることはなんでしょうか？　天才になる？　そんなことはできません。実直になる？　それはできます。この共和政の時代、私は偉大な人間ではないので、ナポレオンの真似をするつもりはありません。私は誠実な人間ですから、ワシントンを模倣するつもりです。私の名前、ボナパルトという名前はフランスの歴史に二頁として残されるでしょう。一頁目には犯罪と栄光と、二頁目は誠実と名誉として。そして、おそらく後者は前者に優ります。たとえナポレオンがより偉大だとしても、ワシントンはより善良だからです。有罪の英雄と善良な市民のあいだで、私は善良な市民を選びます。これが私の野心なのです。（『見聞録』）

これを聞いて年来のボナパルト主義者ユゴーは驚嘆し、眩惑された。見事に急所をつかれ、ころりとまいってしまった。英雄ナポレオンの甥でありながら、武断政治の伯父ではなく、善良な市民ワシントンを範としているというのは、なんとも謙虚で見上げた心がけではないか。ローマ王亡きあと、もしかするとこの男は期待を上まわるナポレオンの後継者になれるのではないか。独裁的でいくらか罪を犯したナポレオン以上の宰相になるかもしれないのではないか。ユゴーのナポレオン熱は激しく再燃した。しかもこの人物は、著作『ナポレオン的観念』や『貧困の撲滅』で、ほぼじぶんと同じ主義・主張をしている。フランスの政治に疎いとはいえ、もしじぶんが指南してやれば、なにをするかわからない

「六月の虐殺者」カヴェニャック、また臨時政府首班として見事に失敗した意気地のないラマルチーヌなどより、ずっとましな共和国大統領候補になるにちがいない。

ユゴーはさっそくそのような判断を息子たちに伝えた。それまでラマルチーヌを支持していた《レヴェヌマン》紙は、十月二十八日になって突然ルイ・ナポレオン支持に転じたのである。《レヴェヌマン》紙のルイ・ナポレオン支持は、十二月十日の大統領選挙が近づくにつれ、ますますエスカレートしていった。「私たちは彼を信頼できる。彼は偉大な名前をもっている。ヨーロッパは大ナポレオンと小ナポレオンの区別などしない。この名前が小さくなることなどありえない」（十月二十八日）、「カヴェニャック氏は〈警戒すべき人物〉、ラマルチーヌ氏は〈尊敬すべき人物〉、ルイ・ボナパルト氏こそ〈我らの待望久しい人物〉」（十一月六日）とまで書いた。

一八四八年十二月十日の共和国初代大統領選挙の結果は、大方の予想に反してルイ・ナポレオン五五〇万票、カヴェニャック将軍一五〇万票、左派のルドリュ・ロラン三七万票、ラマルチーヌ一万八千票。全投票数の七十四パーセントの票を集めたルイ・ナポレオンの圧倒的な勝利だった。ユゴー一家はひとまず大満足だった。

それにしても、ずっと国外で暮らし、たまにもどったかと思うと、二度までも無謀なクーデターを企てて投獄されたが、まんまと脱走してイギリスに亡命、わずか三か月まえからパリに滞在していたにすぎない、この国事犯で札付きの、ナポレオンの甥（と称する）人物が、これだけの大成功を収めえたという奇跡的な事実には、いまなお驚くに足るものがある。その理由はフランス社会にはナポレオンの死後二十七年してなお、コルシカの平民出身で皇帝にまで昇りつめ、門閥に関係なく有能な者たちを登用し、フランスの栄光を全ヨーロッパに輝かせた英雄の思い出、すなわちナポレオン伝説が農村の深部まで根付いていて、人口の四割を占める、いままで一度も選挙をしたことがない農民が大挙して彼に投票したからだ。また七月王政に代わって成立した第二共和制政府が、労働者の生活改善に失敗、もしくは不熱心だったばかりか、「六月暴動」で大量のプロレタリアートを虐殺、投獄、流刑に処したため、共和政にたいする強いアレルギーを招き、肝心要の都市労働者たちまでが「六月暴動」で手を汚していない彼を支持したからだ。あるいは、農業コロニーなどルイ・ナポレオンの選挙公約が「貧困の撲滅」を訴える社会主義的性格のものだったので、労働者大衆の期待を強く引き寄せることができたからだ……。

理由はこのほかにもいくつか考えられるものの、世論調査などはまだ存在せず、フランス史上初の普通選挙による大統領選挙だったのだから、選挙戦術もいまだ手探り状態であった。また運動員を大勢に動員しようにもルイ・ナポレオンの陣営に充分な資力があったわけでもないことを考えれば、彼はきわめて慧眼の士であり、まことに幸運な星のもとに生まれてきたと思わざるをえない。「風雲児」という言葉は彼のためにあったようなものだった。

ところで、大統領選挙のあと、新聞でも政界でも、新大統領ルイ・ナポレオンがこれまでのナポレオン伝説への文学・思想的貢献、議会での側面援助、《レヴェヌマン》紙の政治的支援などにかんがみ、てっきりユゴーを新内閣の一員に任命するものとばかり予想していた。ユゴー自身も『見聞録』のなかで、大統領の宣誓が終わったあと、ひとりで議場を出ようとしていたとき、「まるで大臣になる機会を逸した、あるいは蔑《なみ》した人間のように、だれも私に近づいてこなかった」と書いている。

だが、ユゴーという人間は、安易におのれをもって他を律することができるような並みの人間ではない。すでに数か月まえの「二月革命」時に、ラマルチーヌから公教育大臣としての入閣を打診されたが思想的な理由で断っている。また、このときの『見聞録』の同じところでも、「私は真実の人間、人民の人間、みずからの良心の人間でありたい。私は権力を得ようとはしないし、喝采を求めようともしない。私には大臣になろうという野心も、護民官になろうとする野心もないのだ」と記している。さらに、この二週間ほどまえにも「一八四八年に詩人が思っていたこと」という詩でこう明確にじぶんに命じていた。

おまえは権力を求めてはならない、おまえは
別のところで、じぶんの仕事をすべきなのだ。
他の領域の精神であるおまえは、機会があっても
清らかに退かねばならない……
おまえの役割は警告し、ひたすら考えることなのだ。

（『懲罰詩集』）

だから、大臣就任云々の話がなかったとはいえ、ユゴーはそんなことを意に介さず、息子たちの《レヴェヌマン》紙とともに、少なくとも六か月以上は新大統領を支持しつづけた。翌一八四九年五月十三日の立法議会選挙に立候補して当選したのも、作家・劇作家・俳優業界の利益の代弁者としてのみならず、ルイ・ナポレオンを側面援助しようとするためだった。

亀裂と対立

一八四九年七月九日、ユゴーは立法議会で最初の発言をおこなった。劣悪な生活環境に置かれた労働者たちの一助に提案された老後基金と生活補助に関わる法案が議会に提出されたとき、ユゴーの背後の席から、こんなもの一時の媚薬だよ、どうせ労働者は力で押さ

えつけるしかないだろう、といったように保守派の議員たちのシニカルな囁きが聞こえてきた。ユゴーはそんな不埒な物言いを耳にしながら、提出された法案にはむろん賛成だが、それだけではとうてい不充分だとして、たえず発言を遮ぎられながらも、有名な演説をした。

私は貧困の絶滅が可能であると信じる者です。貧困の絶滅、それは可能であり、立法府や政府はたえずそのことに思いを馳せるべきです。貧困は人体にとってのレプラと同じように、社会全体の病であります。レプラが根絶されたように、貧困を絶滅することもできるのです……この議場では人民に向けた勇ましい演説がなされ、議場の裏では選挙目当ての私語が飛び交っています。ところで私は、いやしくも人民の政府が国家の未来や法律を定めるにあたり、なにも裏でこそこそ談合する必要はないと思うのであります。私は闇の隠然たる権力を摘発し、明るみに出したい。それこそ私の義務なのであります。あなたがたは無秩序に対抗するいくつもの法律をつくってこられた。今度は貧困に対抗する法律をつくらねばならないのです。ひと言でいえば愚民政治を打破すべきなのであります！

（『言行録』）

ユゴーがこのようななかば社会主義的な発言をしたのは、ルイ・ナポレオンの一八四四年の著書『貧困の撲滅』が念頭にあったからだった。あの著書の主張に比べれば、いまの政府提案はいかにも微温的で、中途半端もいいところだと暗に言っているのである。ユゴーはどこか裏切られたような思いをしたのだ。だが、ルイ・ナポレオンは旧著とじぶんの政策の矛盾のことなどを過度に気にするような男ではなかった。前年暮れの共和国初代大統領就任にあたり、「共和主義者なき共和国」と評されたほど、およそ共和主義者と名のつく者をことごとく排除した保守派だけの内閣を臆面もなく発足させ、議会の多数もこれに追従していたのである。

他方ユゴーにとって、貧困と社会格差という不正はけっして揺るがせにできない深刻な社会問題だった。すでに一八三四年の社会小説『クロード・グー』で、「民衆は苦しんでいる。これは事実である。民衆は飢え、凍えている。貧困こそが、犯罪もしくは悪徳に走らせるのだ。民衆に情けをかけよ」と訴えていた。また「メランコリア」と題して児童労働の悲惨と非道を告発するこんな詩もすでに発表していた。

ただひとりも笑わないあの子供たちはどこに行くのか？
熱でやせ細り、物思いにくれるこのやさしい者たちは？

ひとり道を行くあの八歳の少女たちは？
彼らは砥石の下で十五時間働きに行くのだ。
夜明けから晩まで、同じ牢獄のなかでずっと
同じ動きを繰り返しに行くのだ。
陰でなにやらかみ砕くおぞましい怪物のような
暗い機械の歯の下にうずくまり、徒刑場でも天使、
地獄でも無垢な彼らは働く。すべてが青銅、すべてが鉄。
みんな一度も休まず、一度も遊ばない。
だから、なんと青白いことよ！　灰が頬についている。
ようやく昼になったというのに、もうずいぶん疲れている。
悲しいかな、彼らはみずからの運命をなにも理解できないのだ！
彼らは神に言っているようだ、父なる神よ、こんなに小さな
ぼくたちに大人がさせていることを見てください！
ああ、子供に課された恥ずべき隷従！

（『新懲罰詩集』）

そしてなによりも彼は「貧困の社会的叙事詩」となるはずの小説『レ・ミゼール』

(『レ・ミゼラブル』の前身)の執筆を、ちょうど一年ほどまえの二月革命のために時間を奪われ、心ならずも中断せざるをえなかったのだった。

だが、ユゴーのせっかくの熱弁も議会では耳を傾けられず、ルイ・ナポレオンの政府にも無視された。それは「荒野に呼ばわる声」のようなものだった。それでも「私は政治家ではない。自由人であるにすぎない」と信じていた彼は、一貫して「じぶんの良心」に従い、以後政治家として急速に左傾化していくことになる。若い時期に左翼であっても、のちに保守化していくのがどこの国でも通例だが、ユゴーは逆に、青年時代に王党派的な保守派だったのに、年とともにだんだん革新的な急進化の途を辿るという稀な事例を残すことになった。

ユゴーとルイ・ナポレオンとの対立が表面化するのは、いわゆる「ローマ問題」をめぐってであった。イタリアでは前年のフランスの二月革命の影響でローマ共和国が成立、時の教皇ピウス九世はナポリ近くのガエータに逃れざるをえなかった。フランス政府は与党のカトリック保守派の怒りを鎮めるために、一万四千の干渉軍を派遣、ヴァチカンを守るべくローマを包囲した。

ルドリュ・ロランらの「山岳党」は、これを他国の人民の自由に反する武力行使を禁ずる憲法違反だとして、大統領を非難した。さらに六月十三日にイタリアの共和主義者たちと連帯するデモを民衆に呼びかけ、各地でバリケードが築かれるまでになった。ところが、このデモがシャンガルニエ将軍によってあっさり鎮圧された結果、ルドリュ・ロランらの「山岳党」、つまり議会の左翼は一掃され、内閣だけでなく、議会でもフランスは文字どおり「共和主義者なき共和国」というグロテスクな政体になったのだった。

再開された十一月の立法議会でユゴーを待ちうけていたのは、やはり「ローマ問題」だった。フランス干渉軍はイタリアの共和主義者たちと戦い、ピウス九世を教皇庁にもどすことに成功した。ところが教皇は、ローマ共和国の自由を保障するという約束をあっさりと反故にして、共和主義者たちを弾圧しつづけた。イタリアの共和主義者を見捨てるだけでなく、そのような教皇の不実な仕打ちを許したことで、フランスの面目は丸つぶれになった。それでもなお、ルイ・ナポレオンはイタリア干渉軍に新たな軍費をあたえる予算案を提出させた。ユゴーはこの予算措置に真っ向から反対した。彼がとくに槍玉にあげたのは教皇庁の教権政治であり、新時代の共和政を選ぶのか旧時代の教権政治を選ぶのかと大統領と議会に迫ったのである。

ふたつの検閲が思考にのしかかっている。ひとつは政治の検閲、もうひとつは聖職者の検閲です。前者は意見を締めつけ、後者は良心を束縛する。つまり異端審問所が設置されているのであります。あってはならないのは、人間愛と自由を目的と称して企てられるこの遠征が宗教裁判所の再建に行き着くことです。あってはならないのは、フランスがフランスを祝福すべき手によって侮辱されるままになることなのでありま す。あってはならないのは、フランスがみずからのお金、苦しんでいる人民のお金を無駄遣いし、兵士たちの栄光ある血を流すこと、しかもこれらのことをなんの益もなしにおこなうことであります。いや、これは国辱以外のなにものでもないのでありま す。

（『言行録』）

こんなふうに、時の教皇と大統領を同時に敵に回すのは、なかなか凡人にできることではない。しかしユゴーの熱弁はまたしても熱弁のままとどまった。やはり「荒野に呼ばわる声」だった。以後、彼は急速にルイ・ナポレオンから離れ、当初は何度か招きに応じていたエリゼ宮にも二度と足を向けることがなくなる。「私は一八四八年には自由主義者にすぎなかった。共和主義者になったのは四九年だった。敗北した真実が見えてきた。六月十三日以後、共和政が倒れ、瀕死になっているだけになおさら、その指が私を突き、ふれてきた。そのときに私は共和政に向かい、弱いほうの側に身を置くようになったのだ」と後年友人のアルフォンス・カールに回顧して語っている。このように彼は十五年の逡巡を経たあと、この時点でやっと、あらゆるかたちの君主制を否認し、国家元首を国民の投票で選ぶ民主的な共和政の信奉者になったのである。これはむろん、ルイ・ナポレオンとの決定的な対立を意味する。以後、「弱いほうの側に身を置く」彼の共和主義は確固として揺るぎないものとなり、ようやく彼の知行も全面的に一致することになる。

他方、臆面もないマキャヴェリストのルイ・ボナパルトは、恩人ユゴーの行く末など気にすることなく、その利用価値に見切りをつけ、またオディロン・バローなど既成の政治家を排して、みずからを事実上の首班として、信頼できる身内を中心とする、いわゆる「お友達内閣」、マルクスによれば「まったく無名で重要でない人物ばかりの、たんなる番頭と書記の内閣」を一八四九年十月三十一日に強引に成立させた。以後、大統領と議会の力関係は完全に逆転し、共和国立法議会は、もっぱら大統領の独裁的な意志の実行機関と化した。ユゴーは、それを「政治の嘆かわしい悲劇、腹心の内閣」と評した。

独裁への反抗

ルイ・ボナパルトが実権を行使するようになった内閣は、以後矢継ぎ早に反動的で強権的な法案を提出するようになった。ユゴーとしてはいよいよ新共和主義者として反権力、反ルイ・ナポレオンの旗幟《きし》を鮮明にし、反体制の議員として奮闘しなくてはならなくなった。
　翌年四月になって、ルイ・ナポレオンの意をうけた司法大臣ルエールが「流罪法」を審議するよう議会に求めた。この法律は、政治犯の死刑を廃止した共和国臨時政府の措置を骨抜きにしようというもので、政治犯をカリブ海やインド洋の離島の城塞に一生閉じ込める、事実上の、ある意味ではさらに残酷な死刑を復活させる便法だった。しかも、この法律は施行以前の犯罪にも適用されるという、いわゆる法の非遡及性の原則にさえ反する天下の悪法である。権力の側にとって邪魔な者をいつでも好きなように国外追放できるようになるからだ。四月五日、ユゴーは議会で無視されても議事録が官報の《モニトゥール》紙に掲載されるから、みずからの発言が国民に必ず伝わると信じて、法案に不賛成の論陣を張った。彼はまず「この悪しき、野蛮な、不公平な法律」は、人民に解放感をもたらした第二共和国憲法にいかに違反するか、穏やかに説明したあと本題にはいってこう述べた。

　私はまえもって人類の名において抗議したい。ああ、あなたがたはなんと血も涙もない人たちなのだ。あなたがたが贖罪といわれるものを、私は殉教と呼びたい。あなたがたが正義といわれるものを、私は暗殺と呼びたい。さあ、この議場の、私の周りに顔が見えるカトリック教徒、司祭、司教、宗教家の皆さん、お立ちください。皆さんの出番ですよ！　皆さんの聖なる信仰の権威、皆さんの聖なる伝統の権威をもって、ここにきてください。ここにきて、この残酷な黒幕たち、この野蛮な法案に喝采を送っている議員たち、議会の多数派をこの不吉な道に追い込んでいる者たちに言ってやってください。彼らがやっていることは邪悪で、憎むべき、卑劣なことだと。この法案の作成者、擁護者たち、偉い政治家たちに言ってやってください。祖国から四千マイル離れた独房のみじめな人びとをなぶり殺しにしたからといって、それでパリの公共広場を鎮静化できるわけはなく、逆に危険を、民衆の同情を搔きたて、同情を怒りに変える危険をつくりだすだけなのだと。（『言行録』）

ユゴーはこれまで十作ほど劇作を書いたのだが、劇場で作品を上演するよりも、議会で演説するほうがずっと民衆に直接訴えかけられると考えて政治家になった。そしていまや彼ほど発言に注目が集まる雄弁な議員は議会にいなくなっていた。そこで彼はいささか芝居がかった言い回しと口調で、自信満々にこう結論する。

私たちはある運命を背負った世代であり、いま決定的な危機にさしかかっています。私たちには私たちの父親たちの世代よりもずっと大きく、またずっと恐るべき義務があります。私たちの父親には仕えるべきフランスしかありませんでした。しかし、私たちには救うべきフランスがあります。いや、私たちには互いに憎みあっている時間はないのです。私はこの法案に反対投票します。（同上）

この速記録には「議会左翼の喝采、長い拍手。議事の中断をうけ、左翼議員全員、議席から駆け降り、演説者を祝福する」などと書きこまれている。法案は易々と承認された。ユゴーの演説は当然、与党側からたっぷり野次を浴びせられたが、なぜか新聞の評判はよく、翌日には小冊子にまでなって販売された。だが、政権のほうは議会でのユゴー人気を、ただ指をくわえ、黙って見ていたわけではない。議員には不逮捕特権があったので、官憲はみせしめに彼の息子たちの《レヴェヌマン》紙の公道での販売を禁止したのである。

これに味を占めた政府与党は、引きつづき「粛々と」反動政策を推し進めていった。今度は新たな選挙法改正（悪）法案で、事実上、普通選挙を制限選挙にもどそうとするものだから、いやしくも共和国政府にあってはあるまじき法案だった。それにはこういう経緯があった。三月十日に立法議会の補欠選挙があり、与党は半数の議席しか得られず、パリ選挙区で当選したのは社会主義者たちだけだった。これに危機感を覚えた与党は政府と結託して、普通選挙に制限を設けることを企てたのである。

まず、政治的軽犯罪で禁固一か月以上の判決をうけた者は選挙権を奪われることにする。この結果、大半の社会主義活動家は失格になる。次に、三年以上同一の住所に住んでいたことを証明できない者も選挙権を剝奪される。これに該当するのは工業・農業の季節労働者、出稼ぎ労働者、地方公演をする演劇関係者である。これにより、これまでのフランスの選挙民の三分の一が、とくにパリでは三分の二の労働者が次の選挙から排除されることになった。ユゴーは議会で決然と立ち上がって、ほとんど挑戦的な口調でこう述べた。

さあ、三百万の選挙民を切り捨てるというなら、どうぞおやりください。なんなら四百万でも、八百万、九百万でも！　どうせ、あなたがたにとって結果は同じでしょう、さらに悪い結果でないとしたら。しかし、切り捨てることができないのはあなたがたの過ちです。あなたがたの抑圧政治です。あなたがたの致命的な無能、国の現状にたいする無知です。……お気に召そうが召すまいが、過去はいつまでも過去です。古い選挙法の車軸なり、古びた車輪なりを修理されるのも結構。その古い車に十七人の政治屋を繫がれるのも一興。古い馬車を現代という新しい時代の真っ昼間に披瀝されるのもまた結構。さて、それでどうなります？　過去の遺物はやっぱり過去でしょう。その衰退がいやがうえにも目立つだけの話ですよ。（同上）

ここで「十七人の政治屋」というのはルイ・ナポレオンに協力してこの法案を作成した保守派の議員である。いかにも「進歩主義者」ユゴーの面目躍如というところだが、この法案もまた五月三十一日に賛成四三三票、反対二四一票で可決された。

内閣は時を置かず六月六日、政府が国家の安寧を危うくすると判断する各種クラブ、集会の開催を一年間禁止して野党の選挙活動を妨害する法案を提出し、易々といわゆる「一強多弱」の議会に認めさせた。さらに、内相バロッシュは同月十三日に、演劇における検閲を復活させる法案、七月十六日には出版印紙税を復活させるとともに、「政治、哲学、宗教に関わるすべての記事の署名義務」を定める法案を提出して議会に承認させた。いずれも、のちに全体主義国家と呼ばれる国家の雛形になるような言論統制の道具立てをぜんぶ揃えたのである。むろんユゴーはこのいずれにも議会で反対したが、孤立無援の状態に変わりはなかった。

弾劾と迫害

フランス第二共和国憲法は大統領の任期を四年と定め、四年の間隔を置かないかぎり再選を禁じていた。大統領の任期が一八五二年五月の第二日曜日に終了するので、五一年一月現在、ルイ・ナポレオンの残任期間は余すところ一年半を切っていた。だがルイ・ナポレオンは、一度握った権力をそう易々と手放すような人間ではなかった。前年からすでに「ローマ問題」で議会に断りもなく、腹心のネイ大佐にローマ教皇宛ての書簡を届けさせたように、ときどき越権行為をすることがあったが、新年になってますます大胆な挙に出た。一月九日に、軍およびパリの治安の最高責任者であるシャンガルニエ将軍を突如解任したのである。

この将軍は二年まえにルドリュ・ロランらの共和派の反乱を苦もなく鎮圧してみせたばかりでなく、サトリーの軍事教練場での閲兵の折り、「ナポレオン万歳！　皇帝万歳！」と勇み足気味に叫んだ兵士たちを規律違反だとして叱責するなど、日頃ルイ・ナポレオンを公然と軽んじてみせる豪傑だった。それだけよけい、この軍の実力者の解任は保守党にさえ大きな衝撃をあたえずにはおかなかった。

議会は驚き、警戒し、内閣不信任案を可決したが、ルイ・ナポレオンは動ずるふうもなく新たな閣僚を任命、以後も度々内閣改造をおこなって、要所に信頼のおける非・議会人を着々と配していった。それに伴い、内務省、警察の幹部たちもみずからに忠実な人材で固めていった。政治の主導権は明らかに議会ではなく全面的に大統領が握ることになったのだ。さらに彼は議会与党内にボナパルト派を形成するとともに、地方の名士層に働きかけ、ボナパルト支持者百八十万の署名を集めて、それを基盤に盛んに地方遊説をおこなった。また保守の秩序党を「抵抗勢力」として仕立てあげ、政治の停滞をもっぱらこの「抵抗勢力」のせいにすることで、みずからの人気を高めていった。マルクスは「これほど月並みに大衆の月並みさを当てにした王位請求者もいなかった」と言っているが、なかなかどうして、いまから考えれば、ル・ペン、トランプ現象など現代世界のある種の政治的趨勢を先取りする、イリベラルな「ポピュリスト」ぶりを発揮してみせたのだった。

そんな政治状況のなかで、ルイ・ナポレオンが権力の座に座りつづけるには、ふたつのやり方があった。ひとつは憲法を改正して、大統領の任期を延長するか、もしくは再選を可能にするかであり、もうひとつは非合法のクーデターを断行することである。彼はまず前者を選び、七月になって大統領の再選を可能にし、任期を十年に延長する憲法改正案を議会に上程した。左派はむろん反対だったが、右派はクーデターを避けるためには賛成したほうがいいと考える議員もいて分裂していた。

このような不透明な情勢のなかで、十七日、ユゴーは待ってましたとばかり発言を求めた。これは立法議会における彼の最後の演説になるのだが、普通選挙を事実上制限選挙にもどした一八五〇年五月三十一日の法律をはじめ、教育の自由、集会、出版の自由などに反するこれまでの反動的な法律をことごとく見直すことを求めるとともに、フランス大革命の精神に忠実な共和政を改めて擁護しつつ、議論を「ヨーロッパ共和国」にまで進めるといったように、かなり遠大なものになった。そのうえ、新しい論点にうつる度に右派からいちいち激しい妨害、野次、嘲笑を浴びた（百一回！）ので、なんと彼は壇上に三時間半も立ちっぱなしだった。もとより議場は発言の冒頭から騒然としていたが、彼がルイ・ナポレオンを名指しで批判し、あえてこのように人身攻撃したときに最高潮に達した。

任期延長とはどういうことですか？　終身統領ということでしょう。終身統領は私たちをどこに導くのですか？　帝国ですよ、皆さん！　ここには陰謀があります。いいですか、陰謀ですよ。私にはその陰謀をあばく権利があります。さあ、それをそっくり明るみに出してみましょう。

フランスはわけもわからずに、ある朝、皇帝を戴いているというようなことがあってはなりません。皇帝ですと！　そんな驕慢をすこし検討しましょう。

なんですと？　昔マレンゴの戦いに勝ち、君臨した人間がいたからといって、せいぜいサトリーの軍事教練場でしか勝ったことのない人物を君臨させようというのですか？　……え？　大物皇帝《オーギュスト》のあとに小物皇帝《オーギュスチュル》の登場？　ご冗談でしょう。かつて私たちが大ナポレオンを戴いたからといって、いま小ナポレオンを戴くというわけですか！　私たちが責任ある共和国大統領に求め、期待する、断固として期待する権利があるのは、彼が偉人として権力を保持することではなく、誠実な人間として権力を返上することであります。（同上）

歴史的な言葉というものがあるが、ユゴーがこの戦闘宣言で発し、これからも機会あるごとに何度ももちいるこの「小ナポレオン」はまさしくそのひとつだろう。以後、ルイ・ナポレオンがなにをしようと、ここで貼られた「小ナポレオン」のレッテルを剝がすことはけっしてできなくなるからだ。

他方、このように侮辱されたルイ・ナポレオンのほうは、かつて恩人に跪いて加護を求めた経験があっただけに、よけい偏執狂的な深い憎悪をユゴーに抱くことになる。ただ、さしあたってユゴーの演説は必ずしも無益ではなかった。というのも、翌々日におこなわれた採決でこの憲法改正案は賛成四四六票、反対二七八票の投票結果だったものの、憲法改正に必要な四分の三（五四三票）に達することなく否決されたからだ。ユゴーはこれに意を強くして、これまで議会でおこなった主な演説を集めた小冊子『十四の演説集』を八月末に公刊し、その序文に「共和主義者たちよ、列を空けてくれ。私もきみたちの仲間なのだ」と書いた。むろん、ルイ・ナポレオンにたいする公然たる挑戦である。

議会はしばらく夏の休会にはいったが、ルイ・ナポレオンが政権の延命をはかるとすれば、残された選択肢はただひとつ、クーデターしかなくなった。そこで十月になると、内務大臣に異父兄弟のモルニー、戦争大臣にサン・タルノー将軍、警視庁長官にモーパを任命して軍・警察組織を万全にするとともに、十一月に再開された議会にきわめて巧妙な罠をしかけた。普通選挙を事実上の制限選挙にもどした五〇年五月三十一日の法律を廃止するという提案を十二日におこなったのである。するとみずからの保身をはかる議員たちは反対三五五票、賛成三四八票で大統領の提案を否決した。これはルイ・ナポレオンの思う壺だった。なぜなら、議会が普通選挙に反対してくれたということはつまり、いずれ労せずして三百万の農業・工業労働者をじぶんの味方につける可能性を手にしたことを意味したからである。

他方、だんだん強権的になる時の絶対権力に真っ向から楯突き、愚弄までしてみせたユゴーもただではすまなかった。保守系、政府寄りの各種の新聞からの批判、中傷、誹謗の猛攻撃をうけたばかりでなく、彼自身には議員の不可侵特権があって直接手を出すことができないため、官憲は《レヴェヌマン》紙を発行していたふたりの息子、シャルルとフランソワ＝ヴィクトール、そしてふたりの弟子、オーギュスト・ヴァクリーとポール・ムーリスらを「政治、哲学、宗教に関わるすべての記事の署名義務違反」「法にたいする敬意の欠如」の廉《かど》などで次々に逮捕し、投獄したのである。

ルイ・ナポレオンのクーデター

一八五一年十二月二日はナポレオンのふたつの記念日、すなわち一八〇四年の皇帝の戴冠式の挙行、翌〇五年のアウステルリッツの戦勝の記念日にあたっていた（以下の記述はユゴーが一八七七年に発表した『ある犯罪の物語』に基づく）。

朝八時、ユゴーがまだベッドのなかで枕に頭をもたせかけ、原稿に手を入れていたところ、共和派の若い代議士ヴェルシニーが青い顔で駆けつけてきて、ルイ・ナポレオンが今朝クーデターを敢行し、チエール、シャンガルニエ、カヴェニャック、シャラスらの有力議員他六十人を自宅で逮捕・投獄し、いまパリ市民は共和国大統領の名前で出された布告文、「一、国民議会は解散された。二、普通選挙は復活した。三、フランス国民は十二月十四日から二十一日までの国民投票に招集される。四、第一師団区に戒厳令を命じる」のまえに群れをなしていると報告した。

ユゴーが民衆の反応を尋ねると、ヴェルシニーはすこし顔を曇らせ、民衆は布告文を好意的にうけとり、普通選挙の復活に快哉を叫んでいる労働者も少なからずいると答えた。それから共和派の議員が秘密集会を開く予定だと付けくわえた。むろんユゴーは仲間が集まっているブランシュ街のコパン男爵夫人の持ち家に向かった。通されたサロンにはミシェル・ド・ブルジュ、ヴィクトール・ボダン、エドガール・キネ、シェルシェールなどがいた。そのうち、サロンが満員になった。立っている者、座っている者、いずれもがひどく興奮していた。まずユゴーが騒ぎを制して、ほぼこのようなことを言った。

「ただちに闘いを開始すべきだ。やられたらやり返す。百五十人の左派議員が頸章を肩にかけて街頭に降り立ち、「共和国万歳！」「憲法万歳！」と叫びながらマドレーヌまで行く。そこで軍隊の正面に静かに、非武装で立ち向かい、法に従うよう督促する。もし軍隊が譲れば、議員は彼らの先頭に立ち、議会に向かい、ルイ・ボナパルトに引導をわたす。もし兵士たちが発砲すれば、みんなが四散して武器を取り、バリケードに駆け込む。ともかく、一刻を争う。既成事実を怖れよう。武器を取ろう！」

これにたいして、そうだ、そうだと叫ぶ声があがったが、ミシェル・ド・ブルジュがそれを抑えて言った、「二二一人の味方の議員がいた七月革命の時とちがって、いまは高々一五〇人しかいない。それに、軍隊に立ち向かうというのは、なるほど立派な行為だが、軍隊の反応が読めないではないか。まったくの無駄死にということもありえるではないか」と。この反対意見のほうを支持する者が多かった。そこで、のちに再会することだけを打ち合わせて、会議は散会になった。

ユゴーはそれまでの時間を無駄にせず、なによりもまずじぶんの目で街の様子を見て、パリの民衆の反応を測ってみることにした。大通りに出ると、互いに見知らぬ同士の不安そうな人びとが群れをなし、商店はいずれも閉まっていた。長い歩兵縦隊が通ると、群衆は「共和国万歳！」という声をあげたが、それが絶望の悲鳴なのか、歓呼の喚声なのかわからなかった。ユゴーに気づいた青年が何人か近づいてきた。

「市民ヴィクトール・ユゴー、なにをすべきですか？」

「反社会的なクーデターの貼り紙を引き裂き、『憲法万歳！』と叫ぶことだ」

「もし砲撃されたら？」

「そのときは急いで武器を取るまでだ」

群衆は拍手した。ユゴーはたちまち議会の演説口調を取りもどしてつづけた。

「ルイ・ボナパルトは叛徒だ。こんにち彼はあらゆる犯罪をじぶんに着せている。われわれ、人民の代表者は彼を法律の埒外に置く。だが、われわれがそう宣言するまでもなく、彼はこの裏切りの事実だけですでに法律の埒外にあるのだ。市民諸君、きみらには二本の手がある。一本の手で法律を、もう一本の手で銃をつかんで、ボナパルトを攻撃するのだ！」

そうだ、そうだと賛同する声があがったが、必ずしも全員一致というわけでなく、このように懇願するブルジョワの声もあった。

「そんな大声で話されると、いまにみんなが銃殺されますよ」

「そうなったら、諸君は私の死体をあちこち連れまわすがいい。もしそこから神の正義が出てくるなら、私の死もよきものとなるだろう」

　ユゴーは高揚してくるにつれ、まるでじぶんの芝居の主人公のように話すようになる。このときちょうど、空き馬車が通りかかったので、彼はそれを拾ってブランシュ街の秘密集会に向かった（このように絶えず集会場所を変えたのは、むろん官憲に踏みこまれ、逮捕されるのを怖れたためだが、結局彼らはこの抵抗のあいだ十七の場所を転々とした）。

　そこには午前中の集まりよりもさらに多くの者たちがいて、サロンだけでは足りず、控えの間に立っている者もいた。だが、いたずらに噂話や感想、意見ばかりが飛び交うだけで、なにをすべきかをはっきりと述べる者はいなかった。そこで、またもやユゴーが率先して話し出し、まずこれまで見てきた街の様子を述べ、それからとくにクーデターが既成事実にされようとしているのに、あまりにも非難、反対の声が聞かれないことを問題にした。そして、一刻も早く抗議行動を開始し、そのためにまず共和派の声明文を出すべきだと主張した。すると大半の者が賛成して、文案を書くようにユゴーに求めた。以下、ボダンが筆記したその布告文である。

民衆に告ぐ
ルイ・ナポレオンは裏切り者である。
彼は憲法を踏みにじった。
彼は宣誓に違反した。
彼は法律の埒外にある。

共和派議員は国民および軍隊にたいし、憲法六十八条および第百十条への注意を促す。すなわち「憲法制定議会は本憲法並びに本憲法が確立した法律をすべてのフランス人の保護と愛国心に委ねるものとする」。ゆえに人民は当然、普通選挙権を有しているのであり、それを取りもどすのにいかなる君主も必要とせず、叛徒を懲罰できるのである。人民はみずからの義務を果たすべきである。共和派議員はその先頭に立つであろう。共和国万歳！　武器を取れ！

ここで普通選挙がクーデターによって人民に返されたものでないことが強調されているのを見れば、逆に十一月十二日にルイ・ボナパルトが議会相手に打った布石がいかに効果的だったかわかろうというものである。

ことほどさように、クーデターは早くからきわめて用意周到に準備されていたのだった。内務大臣モルニーは事前に前代未聞の徹底した情報管理をおこない、すべての新聞を発禁にするばかりでなく、大半の印刷所を押さえてしまっていた。そのためユゴーが書いた声明文は引きうけ手が容易に見つからず、遅れに遅れてようやく刷りあがっても劣悪な紙で、活字も時代遅れのものだったのである。また、権力の側は街に警鐘が鳴らされるのを防ぐため、事前に大半の教会の鐘の操作を停止させていた。さらに、ユゴー個人については、見つけ次第どんな扱いをしてもよいと許可し、彼の首に二万五千フランの懸賞金までかけさせた。

その日三度目の集まりは、ジェナップ河岸のラフォン宅であった。集まりは長くはかからず、ユゴーの提案で委員会の名称を「抵抗委員会」とすることだけを決した。自宅にもどると逮捕される危険が大きかったので、その夜、ユゴーは兄アベルの知り合いのところに泊めさせてもらった。

翌日、「抵抗委員会」が開かれるカフェ・ロワザンのそばまで行くと、仲間のアルフォンス・レイが呼びとめて言った。

「さきに進む必要はない。もう終わったよ」

「どういうことだ?」

「連中は予定を早めたらしい。バリケードが奪われた。私はそこからやってきたところだ。ここからほんの近くだ」

それから声を低くして、「ボダンが死んだよ」と言った。

前方を見ると、なるほど破壊されたバリケードとたなびく硝煙、それに担架で運ばれる死体が目にはいった。

十時になっていた。ユゴーはなおその場にとどまって、他の民衆グループと接触したいと願った。だが同僚たちは無益だと言って反対した。そこで彼はムーラン街でおこなわれる午後の集まりに出かけた。集まったのは六十人ばかりの共和派議員だった。最初の集まりの半分以下の人数になったわけだが、すでに逮捕されたか、脱落した者がいたからだった。彼らは集まってみても、実動部隊が皆無で、ただ民衆の蜂起に期待するだけだったのだから、互いに情報を交換しあうことぐらいしかできなかった。かろうじてやれることといえば、国民、軍隊向けに新たな声明文を出すことぐらいだった。さいわい、ユゴーの友人の出版人エッツェルや新聞社主エミール・ド・ジラルダンの協力のおかげで出版所の問題は解決していた。そこで彼は「抵抗委員会代表」として、民衆に向けてこんな声明文を発表した。

人民に

憲法はフランスの市民の保護と愛国心に委ねられている。**ルイ・ナポレオン**は法の埒外にある。

戒厳令は廃止された。

普通選挙は復活した。

共和国万歳！

武器を取れ！

代表　ヴィクトール・ユゴー

さらに兵士たちに向けてこんな檄文を書いた。

軍隊に

兵士たち！

ひとりの男が憲法を蹂躙した。彼はみずから人民におこなった誓約を破棄し、法律を廃止し、権利を窒息させ、パリを血まみれにし、フランスを縛りあげ、共和国を裏切ったのだ！

兵士たち、この男は諸君を犯罪に巻きこんでいるのだ。……

フランスの兵士たちよ、犯罪に手を貸すのをやめよ！

抵抗委員会　ヴィクトール・ユゴー

会議の途中、ひとりの議員がユゴーに近づいてきた。見ると、ジェローム・ボナパルトの息子、「赤の殿下」という異名があったナポレオン・ボナパルトだった。殿下は「あなたが安全にしていられる家はおそらくパリに一軒しかありません。私の家です。そこには捜索の手ははいりません。昼でも夜でも、好きな時間においでください」と申し出た。ユゴーは深く感謝したが、さすがにこんな状況でボナパルト家の一員の好意に甘えることは遠慮した。彼は旧友アンリ・デカンが提供してくれたリシュリュー街の隠れ家に身を潜め、その日一日の思い出や印象をノートに書きとめた。歴史的な出来事の証人として記録を残すこともみずからの「義務」だと心得ていたからだ。

翌日、投獄されている元の同僚ジュール・グレヴィの留守宅で開かれた抵抗委員会の集まりで、ユゴーはモンマルトル街からタンプル街にかけての一帯に、七十七ものバリケードが築かれたことを知った。さっそく馬車に乗って現場に駆けつけた。しかし彼が着くまえに、鎮圧軍の猛攻撃で抵抗の拠点は瞬く間に破壊されていた。蜂起者のなかに逮捕者はいなく、全員その場で銃殺されていた。イタリア人大通りやモンマルトル大通りでは、軍隊が非武装の群衆に発砲して無差別に殺傷をおこなった。少なくとも四百人の人命がうしなわれたという。その報をうけて、ユゴーは仲間のヴェルシニー、バンセルとともに現場に向かった。そこで待ちうけていた惨状を、のちに彼は「私はその犯罪を、その殺戮を、その悲劇を見た。私は無分別なその死の雨を見た。私の周りには物狂おしく虐殺された者たちが大量に落ちてくるのが見えた」(『ある犯罪の物語』)と書いている。

そのおぞましい光景に衝撃をうけ、悄然としていたユゴーに背後から声をかける者がいた。「どうしてもご覧になるべきものがありますよ」振りかえってみると、演劇作者のエドワール・プルヴィエだった。ユゴーはティックトンヌという暗い路地の陋屋に案内された。ランプひとつに照らされた広間に老婆がひとりうずくまっていた。見ると、膝のうえになにかを大事そうにかかえている。七歳の男の子の死体だった。その額にはふたつの孔が穿たれ、血が流れている。老婆は泣きじゃくりながら、孫を返してくれ！ と叫んでいた。のちに有名になる「四日の夜の思い出」という詩はこのときの怒りと悲しみをもとにしている。

その子は頭に二発の弾丸をうけたのだった。
その子の家は清潔で、ささやかで、静かで、きちんとしていた。
見れば、肖像画のうえに祝別された小枝が掛けてある。
年老いた祖母がそばで泣いている。
私たちは押し黙ったまま、子供の服を脱がせた。子供の口は、
血の気をうしなってぽっかり開き、目は死の影にひたされて凄惨だった。
（老婆は言った）
「この子は八つにもなっていなかったんですよ。
どうして殺されたのか、わけを聞かせてもらわなくちゃ。
この子は共和国万歳！ なんて叫びはしなかったのに」
私たちは押し黙っていた、立ちすくみ、沈痛な面持ちで
　帽子を脱いで、

慰めるすべとてない老婆の悲しみを目にして、
　ただただふるえながら。
（『懲罰詩集』）

この十二月四日の夜には、パリは軍隊と警察によって完全に制圧され、もはや五十人足らずになった共和派の議員たち、ごく少数のシンパに支持された「抵抗委員会」には、活動の余地はまったくなくなっていた。ユゴーはときどき絶望感に襲われた。のみならず、次のように死の誘惑に駆られさえした。「これほどの不安のさなかにあると、ひとは感じるあまり、考えなくなる。たとえ考えても、闇雲に考える。もはや、なんでもいいから終わってしまうことしか願わなくなるのだ。他人の死にあまりにも恐怖をあたえられるので、じぶん自身の死に気が惹かれるようになる。せめて死ぬことによってなにかの役に立てるなら！　諸々の憤慨や蜂起を引き起こした死者たちのことが思いだされ、もはや有益な死体となるという野心しかなくなってしまう」（同上）。

彼はリシュリュー街のデカン宅にもどった。前日に予感したように、たしかに「恐ろしい一日」だった。デカンはユゴーの家族が全員無事だと教えてくれた。

翌十二月五日の朝、ユゴーが外に出ると、パリはいまやすっかり静かになっていた。街では士官学校前での裁判抜きの処刑、モンマルトルの墓場に死体を運ぶ放下車、ぞんざいに埋葬されたため土のうえにはみ出している人の頭などの噂が小声で囁かれていた。『懲罰詩集』の冒頭にある「闇《ノックス》」と題する次の詩句は、このときの暗澹たる雰囲気をよく伝えている。

明け方から、みんながこの芝にやってきて、
家にもどらない生死不明者を捜していた。
民衆は怯えたそれらの頭をながめていた。
夕暮れを短くする夜が、慎み深く、
せめてものことに、それを帳《とばり》で覆っていた。
晩には、ひとり残った老墓守が墓石のあいだで歩を急かせ、
それらの蒼白な顔をちらりと見ては震えていた。
そして、喪中の家で人びとが泣き、
柩のないこれらの額のうえに激しい北風が吹いていた。
冷たい影が不吉な壁に囲まれた土地をみたしていた。
ああ、死者たちよ、あの暗闇で神になんと言っていたのか?

ユゴーたち「抵抗委員会」のメンバーは、強権による弾圧と大半の民衆の無関心のためにはかばかしい成果をあげるどころか、だんだん追い詰められていった。その状況をユゴーは次のように思いだしている。


私たちはパリをさまよっていた。あちこちで仲間に出会うことがあったが、小声で一言、二言交わすだけだった。みんなは今日どこで寝るのか、食べられるのかどうかもわからなかった。晩にどの枕に頭をのせるのか知らない男たちのなかに、賞金をかけられている男が少なくともひとりいた。私たちが近づいたときに交わすのはこんな言葉だった。

「何某はどうなった？」

「逮捕されたよ」

「じゃあ、何某は？」

「死んだよ」

「じゃあ、何某？」

「行方不明さ」


（同上）

ユゴーは首に懸賞金をかけられているのだから、いかなる行動も自殺に等しく、もはや希望は国外に逃亡することだけになった。好都合なことに、ランヴァンという旧知の植字工がじぶん名義の旅券をつかって、ブリュッセルの印刷所で働くことにしてはどうかと勧めてくれた。当時、旅券に写真などなく、警察が書く簡単な人相書きしか記載されないので、だいたいの背格好さえ似ていればよかった。そして幸いにも、ユゴーと親切なランヴァンは背格好のみならず、年格好も似ていた。

十二月十一日木曜の夕暮れ、ユゴーは植字工の身なりでベルギー行きの汽車に乗るために北駅に向かった。駅にはやけに警官の姿が目についた。彼がひとりで乗りこんだ二等車は、八時にホームを離れた。さいわい最初の停車駅アミアンでも、次の停車駅アラスでも、その次のヴァランシエンヌでも旅券の検査はなかった。朝の三時ごろ、汽車が突然とまり、「キエヴラン!」という声が聞こえた。国境をこえると、そこはベルギー領だった。ここで初めて、旅券の検査があったが、なんの咎めもなかった。九死に一生を得た彼は、長い汽車の旅のあいだに胸に去来した思いを妻アデルに書き知らせている。

この十二日間、私は生死のあいだをさまよっていたが、一時たりとも狼狽しなかった。私はそんなじぶんに満足している。そして私はじぶんが義務を果たした、それも全面的に果たしたことを知っている。そのことが私を幸せにする。

（一八五一年十二月二十五日）

また、年少の友人オーギュスト・ヴァクリーには、「私の戦いは終わったが、詩人のなんたるかを少しは示すことができたと思う」と書き、満足感を洩らしている。それとともに、じぶんが見たもの、経験したことを記録し、共和国の敵をたゆむことなく攻撃しつづけるという、新たな義務に目覚める。

そう、私は後悔として、そして懲罰として、あの男に執着するという厳粛な権利に身を捧げる。これからというもの、私はあの男をとらえ、一歩一歩追い詰め、近い日か遠い日かは問わず、あの男が永久に消え去る日までけっして放しはすまい。

（一八五一年十二月二十六日）

身から出た錆だったとはいえ、憎んでも憎み切れないあの男、恩を仇で返して平然としているあの男、不法の独裁者ルイ・ナポレオンが「消え去る」のを見届けるまでに、ユゴーは十九年間もおのれの「義務」を果たしつづけねばならないことをまだ知らなかった。

第三章　亡命地からの戦い——共和政と帝政

ブリュッセル

一八五一年暮れの十二月二十一—二十二日、フランスではルイ・ボナパルトのクーデターの賛否を問う国民投票がなされ、その結果が公表された。賛成七五〇万票、反対五〇万票、棄権五〇〇万票だった。ユゴーはこの選挙結果をすこしも信用していなかったが、少なくとも新体制が当分つづくと思わざるをえなかった。

翌年の一月十日、ルイ・ナポレオンの名で六十六人の国外追放議員名簿が公布され、彼はじぶんの名がその十六番目に記されていることを知った。むろん彼にはなんの驚きもなく、一刻も早く「インク壺と大砲の戦い」、すなわちのちに『ある犯罪の物語』と題されることになる著作『十二月二日の物語』の執筆を開始したかった。それはルイ・ナポレオンのクーデターという歴史的犯罪とみずからの抵抗の正当性を「言葉と権力の戦い」として正確に記述し、後世に残すためだった。

ただ執筆の必要上、ブリュッセル在住の多数の被追放者およびその関係者と面談しなければならなかったが、なかにはのちに密偵の役割を果たしたり、最初から密偵だった者もいた。そのため、ユゴーがルイ・ナポレオンに投げつける「爆弾本」を準備しているという情報が、フランス大使バサノ公爵の耳にはいるのは避けがたかった。大使はさっそく本国に報告し、フランスの外務省・内務省からベルギー政府にユゴーを追放せよとの圧力がかかった。この時代の両国の力関係は、最悪の場合、かつてあったように大国フランスが小国ベルギーを苦もなく併合できると見られるほど非対称的なものだったから、ベルギー政府としては、フランス人被追放者の保護をするにもおのずから限界があった。

事態が急迫するなかで、彼は四分の三ほど書き終えたものの、まだ多量の資料の処理が残っていた『十二月二日の物語』をいったん脇に置き、とにかく肝心なことだけでも新たな小冊子『小ナポレオン』として急いで仕上げようと決心した。「私は一冊の本を書くというよりも、ひとつの叫び声をあげたいのだ」という最初の思いに立ちかえったのだ。そしてそれを六月十四日から七月十二日のわずか一か月足らずでやってのけた。原稿は書きあげられた分から次々にロンドンの印刷所に送られた。このように「爆弾本」の刊行の期日が迫ってきたので、彼がブリュッセルにとどまれる日々もいよいよかぎられてきた。

じっさい、間もなくこの「爆弾本」の刊行が近いことがフランスの外務大臣チュルゴーの知るところとなり、七月四日、ブリュッセル駐在フランス大使バサノは、ユゴーの本が出版されるやただちに当人を追放するようベルギー政府に強硬に申し入れよという訓令を本国からうけた。その五日後、旧知のブリュッセル市長ブルケールがユゴーを訪れ、問題の本が出版されるなら、遺憾ながらベルギー政府はあなたに追放令を出さざるをえなくなると伝えた。ユゴーはかつてパリのロマン派のリーダーに表敬訪門しにきてくれたことがあり、今度もさまざまに便宜を図ってくれた市長その他の友人たちのこれまでの格別の歓待に感謝しつつ出国に同意した。

彼は次の亡命先を英仏海峡の島、ジャージー島に定め、『小ナポレオン』が出版されると累が及びかねない家族を一刻も早くフランスから呼び寄せることにした。三十一日、ユゴーはアントワープ経由でイギリスに渡り、サウザンプトンから出航、八月五日の正午過ぎにジャージー島の中心地サン・テリエに着いた。

ちょうどこの日、ブリュッセルではエツェル社から『小ナポレオン』が出版された。

『小ナポレオン』

この小冊子、といっても九篇からなり、立派な一冊の本といえるほどかなり長いものなので、とりあえずその内容の要点を箇条書きにしてみよう。

一、クーデターの違憲性

ルイ・ナポレオンは一八四八年十二月十日、共和国初代大統領就任にあたって、憲法遵守の誓約をした。この憲法第三十六条には「人民の代表者である議員たちは不可侵である」、第三十七条には「議員は現行犯でないかぎり逮捕されない」」、第六十八条には「共和国大統領が国民議会を解散したり、延期したり、また国民議会に委託された事柄の執行を妨げたりする、いかなる措置も国家反逆罪となる」とある。そしてこの行為のひとつでもおこなえば、ただちに大統領はその職務をうしない、国民は大統領への服従を拒否できる。これに照らせば、議会を解散させ、戒厳令を敷き、八十四人の議員を逮捕・追放したルイ・ナポレオンは明らかに「国家反逆罪」を犯したのであり、当然失職したのである。

二、クーデター後の弾圧

ルイ・ナポレオンはクーデターのあと、日中パリで老人、子供をふくむ無差別の殺人をおこない、不法な軟禁、財産の没収、夜間の虐殺、秘密の銃殺、委員会による裁判官の決定の転覆、流刑市民一万人、追放市民四万人、離散家族六万、等々の大罪を犯した明白な犯罪者である。

三、国民投票の不正

犯罪的なクーデターの二十日後、戒厳令のもとでおこなわれた国民投票を信用することはできない。そもそも、政治投票が有効であるためには、投票が自由であること、投票が公正であること、投票数が真正であることの三つの条件が必要である。ところが、投票が精神的、物理的暴力のもとになされたことは、以下の事実によって見当がつく。イヨンヌのある村では世帯主五百人のうち、四百三十人が逮捕され、残りの者が賛成投票をした。

そして同様なことは全県に及んでいる。また、いたるところに密偵、密告者がいるうえ、思想・出版の自由がないところでは、「卑劣さが数え、凡庸さが開票し、狡猾さが管理し、虚偽が集計し、虚言が公表する」選挙になるのだから、投票数の真正さは保証されない。

四、ルイ・ナポレオンの人格

彼は「フランスを殺した」人間であり、「ナポレオンの名誉を無に帰した」男である。「彼はどんな大罪を犯しても、卑小なままだろう。結局のところ、大国の国民にとっての矮小な暴君でしかないだろう。この種の連中は破廉恥さにおいても偉大になりきれない。独裁者であるこの男は道化師だ。皇帝になったとしても、奇矯で滑稽なままだろう」

この嘲笑は、『ルイ・ボナパルトのブリュメール十八日』で『小ナポレン』を参考文献のひとつに挙げているマルクスの有名な文句、「ヘーゲルはどこかで、すべての偉大な世界史的事実と世界史的人物はいわば二度現れる、と述べている。彼はこう付けくわえるのを忘れていた。一度は偉大な悲劇として、もう一度はみじめな笑劇として、と」を連想させる。ただマルクスはこの書の第二版への序文のなかで、ユゴーを「クーデターの執行責任者にたいする辛辣で才気にみちた悪口だけで満足し、事件そのものには一個人の暴力行為しか見ていない」と難じている。だが、書かれた時期と場所、それまでの経緯を考えれば、ユゴーの直情的な「悪口」にも無理からぬものがあったと認めるのが公正というものだろう。

五、抵抗の呼びかけ

それでもユゴーはこう述べている。「だが、こんなことはいつまでも続くはずはない。国民はそのうちには目を覚ますだろう。寝ている国民を揺さぶり起こすためだけに、私はこの本を書いている。そうだ、国民にとって恥辱にほかならないこのような深い眠りから、国民は抜け出すだろう」。これは、抵抗の呼びかけというより、この時点ではむしろ落胆と儚い期待の言葉だった。

『小ナポレオン』はこのクーデターをめぐる冷静な政治・経済的な分析を試みた本ではなく、なによりもまず当事者としての見聞と怒りを表明するという義務を果たす文書である。しかも、当代一級の詩人がものする小冊子なのだ。当然、高い文学性を期待される。ラテン文学の教養が血肉化している彼のことだから、弾劾となればキケロが、風刺となればユウェナリスが乗りうつる感じになるのは避けがたかった。たとえば、「犯罪人」ルイ・ボナパルトの「罪状」を列挙するときには、キケロふうに息もつがせぬ苛烈さになる。

十二月二日とその後の数日、執行権を有するボナパルトは、立法権を侵害し、不可侵の議員を逮捕し、議会を追い払い、参事院を解散し、高等法院を退去させ、法律を廃止し、国立銀行から二千五百万フランかっぱらい、軍隊を金貨責めにし、パリを一斉射撃し、道路を死体で埋め尽くし、血の波を注いだ。それ以来、八十四人の人民の代表を追放し、命の恩人だというのに、オルレアン家の王子たちから父ルイ・フィリップの財産を召しあげ、憲法という名目で五十八箇条からなる独裁制を布告し、恥辱のために軍隊を利用し、共和国を縛りあげ、フランスの剣を自由の口の猿轡にし、鉄道を取引道具にし、民衆のポケットを探り、勅令によって予算をいじくり、アフリカやガイエンヌに一万の民主主義者を流刑にし、ベルギー、スペイン、ピエモンテ、スイス、イギリスに四万の共和主義者を追放し、あらゆる人びとの魂に喪の悲しみを、額に赤斑をすえつけた。

また、小ナポレオンを弾劾、糾弾するだけでなく、すこしはからかってみる必要を感じたときにはユウェナリス調になる。

なによりもまず、ボナパルトさん、人間の良心がなんたるか、すこしは知っておかれるべきでしょう。この世にはふたつのものがあります。世間では善と悪と呼ばれているものですが、ご存じなければ学んでください。あなたが教えてもらわねばならないのは、嘘をつくのはよくないこと、ひとを裏切るのは悪いこと、殺すのは最悪だということです。それはいくら有益でも、禁じられていることなのです。だれによって？　それは追々説明しましょう。さらに、こんな細々したことを知ってください。人間は考える存在であり、自由で、他人に責任があるということです。奇妙な、そしてあなたをびっくりさせることですが、人間はひたすら享楽し、つねに酔狂を満足させ、おのれの欲望の赴くままに動きまわり、歩いているときに、草の茎とか約束した言葉とかまえにあるものを踏みつぶし、腹が空いているときに目のまえに現れるものを貪るようにはつくられていないのですよ。

もちろんユゴーにしか書けない激烈な心情と断固とした信念がみなぎり、迫力あふれる文章も見られる。これなど、ギリシャ悲劇の英雄さながら、はらわたから絞りだすような悲痛な絶叫である。

ああ、私のために霊感を授けられよ、捜されよ、あたえられよ、匕首《あいくち》は望まないが、なんでもいい、あの男にとってのブルータスとなる手立てを！　あの男を打ち倒し、祖国を解放するなんらかの手立てを私のために見つけられよ！　あの男、あの奸計の男、あの虚偽の男、あの成功した男、あの不幸をもたらす男を打ち倒す手立てを！ペン、剣、敷石、人民による、兵士による暴動、なんでもいい。そう、それがどんなものであれ、合法で公然たるものでありさえすれば、私はそれを手にしよう、私たち被追放者たち全員がそれを手にするだろう、もしそれが自由を再建し、共和国を解放し、祖国を恥辱から立ち直らせ、あの帝国のやくざ者、あの王たちのジプシー、あの裏切り者をふたたび塵のなか、忘却のなか、汚水溜めのなかにもどしてやることができるなら！

このように『小ナポレオン』はたんなる政治的小冊子ではなく、いま読んでもいささかも迫真性と魅力をうしなわない特異な文学作品である。この作品は出版されるやたちまち話題を呼び、英語、スペイン語、ドイツ語などに翻訳された。だが、もちろんフランス国内では発禁で、これを所持しているだけで逮捕・投獄の危険があった。だから、国外では競って読まれたものの、国内のフランス人一般には手が届かず、ごくかぎられた読者しかいなかった。それでも服のポケットに忍ばせたり、長靴や服の袖に隠したり、彫像のなかに入れたり、女性などはコルセットのなかに押し込んだりしてさかんに密輸入、又貸し、密売された。

ユゴー自身、自著の出来映えに満足し、九月にジャージー島から友人のシャラス大佐に、「あるひとから聞いた話によると、私の小さな本は、水のようにじわじわフランスにしみこみ、一滴一滴ボナパルトのうえに落ちているということですが、おそらくいまに彼のどてっ腹に穴を開けてしまうでしょう。……私がここにきてから、対岸のサン・マロでは税関吏や憲兵や密偵の数を三倍に増やしたとのことで、まことに光栄の至りです。あのボナパルトの馬鹿は、一冊の本の上陸を阻止するために、ところかまわず銃剣を並べ立てているのですよ」と、かなり得意げに書いている。

ところが、そんな心地よい幻想も三か月はつづかなかった。十一月七日、ルイ・ボナパルトは帝政再建の可否を問う国民投票をおこなう旨布告し、二十一、二十二の両日に全土で選挙がおこなわれた結果、賛成七八二万票、反対二五三万票、棄権二〇〇万票の大差で可決されたのだった。そして、その三日後の一八五二年十二月二日、すなわち大ナポレオンのアウステルリッツ戦勝と小ナポレオンの前年のクーデターの記念日に、「ならず者」はナポレオン三世を名乗り、フランス第二帝政を宣したのである。

ジャージー島

ユゴーはもちろん、権力者がクーデターによって成立させた非合法の第二帝政など断じて認めることはできなかった。なんとしても断罪し、みずからの歴史、道義的正当性を明示しなければならなかった。ある日、政府系の新聞《ラ・パトリ》が、ひとりの忠臣が出版されたばかりの『小ナポレオン』を一冊入手してルイ・ナポレオンに進呈すると、彼は一瞥してから、「みんな、これが大ユゴーによる小ナポレオンだとさ」と言って笑いこけたという挿話を伝えた。それを読んだユゴーは、憎しみと怒りのあまり一日中せかせかと海岸を歩きまわったあと、「あの男は笑った」と題するこんな猛烈な詩を書いた。

ああ、おまえは必ず、吠え面をかくことになる、みじめな奴め！
憎むべき犯罪にまだ息を切らしながら、
なんとも不吉で迅速な、忌まわしい勝利にひたっているところを、
私はおまえを捕らえたのだ、おまえの額に貼り紙をしたのだ。
そしていまや、群衆が駆けつけ、おまえを罵倒する。
懲罰がおまえを処刑柱に釘付けし、首かせで
　顎をあげざるをえなくなっても、
私に味方する歴史がおまえの上着のボタンをもぎとり、
　肩を剝きだしにしても、

おまえは言う、おれはなにも感じない、と。そしておまえは私たちを
　嘲笑する、ならず者め！
おまえの笑いが私の名前のうえにやってきて泡を立てる。
だが、私は赤い鉄棒を握っている、そして私には見える、
　おまえの肉が煙を立てるのが。

（『懲罰詩集』）

このような彼の憤怒と憎悪と復讐の思いが新たな詩作への意欲を掻きたて、「あのみじめな奴は半分しか焼かれていないのか。じゃあ、ひっくり返して、もう半分を網で焼いてやろうじゃないか」ということになったのである。同じナポレオン三世弾劾を目的とし、散文の『小ナポレオン』と対になる韻文の作品、『懲罰詩集』の構想がこのときに生まれ、彼はこの年の秋から冬にかけてふたたび猛烈な勢いで政治的、戦闘的な詩作に専念することになった。

ただし、この暮れにはジャージー島を離れる者が多かった。というのも、十二月二日、ルイ・ナポレオンが皇帝になったのを機に、「政治的受刑者および被追放者は、以後国民によって選ばれた政府に反対するいかなる行為もしないという誓約をするほか、いかなる条件もなしに自由、家族、祖国のもとにもどされるものとする」という特赦令を出したか

らだ。屈辱的な手続きを踏まねばならなかったとはいえ、亡命者のうち三人に一人が帰国を希望した。その多くは住むところもなく、ろくな食事にもありつけない貧しい労働者たちだった。ユゴーは彼らの行動にたいして寛大だったが、じぶん自身にたいしては逆に、きわめて厳格だった。「ジャージー島、一八五二年十二月二日」の日付がある有名な詩「結語」でこのように決然とした不屈の意志を表明している。

私は二度と見まい、私たちの心を惹くおまえの岸辺を、
フランスよ、私のなすべき義務のほかは、嗚呼！　すべてを
　忘れよう。
試練をうける者たちのあいだに、私は天幕を立てよう。
私は追放された者としてとどまろう、毅然と立っていることを
　望みながら。

たとえ終わりも期限もないものであっても、
私はつらい亡命を受けいれる、
もっと強固だと思えただれかが屈したかどうか、

当然残ってしかるべき数人がもどったかどうか、
そんなことを知ろうとも、考えようともせずに。

あと千人しか残らなくなっても、よし、私は踏みとどまろう。
あと百人しか残らなくなっても、私はなおスラに刃向かおう。
十人残ったら、私は十番目の者となろう。
そして、たったひとりしか残らなくなったら、
そのひとりこそ私だ。

（『懲罰詩集』）

スラはもちろん独裁的だった古代ローマの将軍・政治家のことだが、ここではナポレオン三世をさす。ユゴーはたった独りになっても帝政権力に抵抗するという、この不退転の決意を十九年間貫き通す。やや先走るが、その後の一八五九年八月にやや自由主義に転じたナポレオン三世がまたしても「特赦令」を布告し、ユゴーも望めば帰国することが可能になった。しかし彼は、プルードンなどとは違って、「私が特赦と呼ばれるものにただの一瞬たりとも注意をはらうなどと、だれにも期待してほしくない。現在フランスが置かれた状況にあっては、絶対的で揺るぎなく、永続的な抵抗こそが私の義務なのである。私は

じぶんの良心にたいしておこなった誓約にとことん忠実に、追放された自由と運命を共にする。自由がもどるとき、私もまたもどるだろう」（『見聞録』）という声明を出し、以後、普仏戦争でナポレオン三世が降伏、退位する七〇年までのさらに十一年間、自発的に孤高の亡命生活をつづけることになったのである。

歴史家のモーリス・アギュロンはこの国外追放の時期のユゴーに関して、「ひとは被追放者のうちもっとも名高い人物を舞台に立たせずに、第二帝政のことを語りえない。ヴィクトール・ユゴーとナポレオン三世の対決、それは共和国と帝国の対決であり、この十八年については、それ以上なにも言わなくてもかまわないくらいだ。すべてがこの対立のなかにあるのだから」と述べているが、第二帝政時代に国外の絶海の孤島でひとり共和政を体現するようであった亡命作家ユゴーの歴史的役割を的確に要約するものだろう。こうして共和政と自由という信念を貫くためになされた一八五一年から七〇年までの亡命によって、ユゴーは十九世紀中葉以後のヨーロッパ諸国の自由と良心と勇気の象徴的存在になり、その名声によってフランスで畏怖されるのみならず、イタリア、スイス、スペイン、ポルトガル、アメリカなどからも積極的に意見や助言を求められるような、国際的に敬愛される文人となった。

『懲罰詩集』

一八五二年に構想された『懲罰詩集』は五三年十一月、フランスでの発禁を承知のうえで、ブリュッセルで自費出版に近いかたちで公刊された。『小ナポレオン』と対になる韻文という意図であれば、『懲罰詩集』のテーマはおのずからかぎられてくる。伯父と甥の両ナポレオン、英雄とならず者の対比、時の権力におもねってその恩恵に浴そうとする人間たちの卑劣さ、議会でおこなったルイ・ナポレオンの誓約不履行、クーデター時の弾圧の過酷さ、虐殺された女や子供たち、圧政に手をこまねいているフランス国民への呼びかけと叱正、懲罰の予言、復讐の願いなどが主なものだが、本書ではすでに「結語」「あの男は笑った」「四日の夜の思い出」「一八四八年に詩人が思っていたこと」などの詩篇を見ている。さらにいくつか代表作を取りあげておこう。

まず冒頭の「社会は救われた」という反語的な表題の短い詩。これはこの詩集を出すにあたっての詩人の覚悟と願いの表白である。

　フランスよ！　おまえがひれ伏し、
独裁者がおまえの額に足をかけているこのとき、

洞穴から声が出てきて、
鎖に繋がれた者たちが身震いするだろう。

国を追われた者たちが砂浜に立ち、
星と波を見つめながら、
夢に聞こえてくる者たちのように、
物陰で声高く話すだろう。

その言葉はこう叫ぶだろう、恥を知れ
卑劣漢ども、圧制者ども、人殺しども！
その言葉は人びとの魂に訴えるだろう、
戦士たちに訴えるように。

豹変する種族のうえに
その言葉は暗い嵐のように漂うだろう。
そしてたとえ生きている者が眠りこんでいても、

死んでいる者たちが目を覚ますだろう。

国外追放されたユゴーは第二共和国憲法違反のクーデターをなんの抵抗もなく受けいれるばかりか、引きつづき強権的なナポレオン三世の第二帝政創設を支持するフランスの民衆の政治的無感覚が理解できなかった。これにはおそらくエティエンヌ・ド・ラボエシーが「自発的隷従」と定義した、人間に固有の容易に抜きがたい心性が働いていたのかもしれない。またトクヴィルが民主社会の「逆説」だと指摘した、現代にも通じる近代人特有のこんな大衆心理も関係していただろう。ひたすら平等を追求する人びとは周囲の小さな不平等ばかりが目にはいり、絶対的な不平等を気にしなくなる。はてはこんなふうな倒錯した現象が生じる。

民主的国民では微少な特権にたいする、心のうちに掻きたてられて亡びることのない、そしてますます燃え立っていく嫌悪のために、奇妙なことに、すべての政治的権力が徐々に国家の唯一の代表者の手に集中されていく。競争相手がなく、そして必然的にすべての市民に優越している主権者は、市民たちのだれの羨望も刺激しないからである。あらゆる中央権力は、その自然的本能に従って平等を愛し、平等を奨励し支持する。なぜかと言うと、平等は、このような中央権力の作用を著しく容易にし、これを拡大し、そしてこれを保証するからである。

（トクヴィル『アメリカのデモクラシー』松本礼二訳）

現代のポピュリストの前駆者ともいえるナポレオン三世と当時のフランスの人民の関係は、ある程度までこの指摘によって暗示されるものだったかもしれない。ただ、「隷従」とか「迎合」といった言葉とは無縁なユゴーとしては、その原因をもっぱらじぶんが被ったような、過酷な暴力的弾圧のせいで民衆が「ひれ伏して」無気力になり、「眠りこんでいる」からだと思うほかなかった。われわれ亡命者は民衆のために立ち上がり、そのためにいま流謫の地に身を置いているのではないか。それなのに、国内のみんなはなぜ声をあげないのか。そのように何度もこみ上げてくる苦々しい思いを抑えながら、彼はなお絶望することなく、詩人の言葉に耳を傾けない民衆の覚醒を促すいくつもの詩を書いた。「眠っている者たちに」と題する詩もそのひとつである。

目覚めよ、恥辱はたくさんだ！
砲弾や散弾に刃向かえ。

恥辱はたくさんだ、市民たちよ！
仕事着の腕をまくれ。
九二年の兵士たちは戦う二十人の王に立ち向かった。
おまえたちの鉄鎖を打ち砕き、牢獄を押し破れ！
なに！　おまえたちはあのならず者どもが怖いのか！
おまえたちの父親は巨人族に立ち向かったのだぞ！……
おまえたちには武器がない？　構うものか！
おまえのフォークを取れ、ハンマーを取れ！
おまえのドアの蝶番を引き抜き、
マントを石でいっぱいにしろ！
もう一度偉大なフランスになるのだ！
もう一度偉大なパリになるのだ！
怒りに打ち震えながら、解放せよ、
おまえたちの国を隷従から、
おまえたちの名誉を軽蔑から！

輝かしいフランス革命の伝統をいまこそ想起せよと民衆に訴え、呼びかける、ほとんどアジ演説のような激しい語調である。彼としてはそれほど切迫した気持ちだったのだ。「人民に」と題する詩も同種の焦燥感の表現である。その冒頭の一節。ここで「おまえ」と呼ばれているのは、フランスの国民である。

いたるところ悲嘆、嗚咽、悲痛な叫び。
なぜおまえは暗闇のなかで眠っているのか？
私はおまえに死んで欲しくはない。
なぜおまえは暗闇のなかで眠っているのか？
いまは眠っているときではないのだ。
青ざめた自由が血まみれになって戸口に横たわっている。
わかっているだろう、おまえが死ねば自由も死ぬ。
さあ、玄関口にジャッカルがいるぞ。
ネズミとイタチがいるぞ。
なぜおまえは細紐で縛られたままなのか？
……

ラザロ！　ラザロ！　ラザロ！
さあ、起き上がるのだ！

このように福音書のラザロになぞらえて、なおも民衆に呼びかけるのは、フランスの民衆だけにはまだ絶望したくないからである。彼の信念によれば、詩人はいつまでも民衆の松明でなければならないのである。これとは逆に、本来キリストに倣って民衆を導くべき使命のあった聖職者の裏切りの告発にはいかなる容赦もない。「一八五一年一月一日のテデウム」はその代表例である。ここに出てくるシブールという聖職者は、ルイ・ナポレオンのクーデターをいち早く祝福したパリの大司教で、四八年の六月暴動でユゴーと同じく民衆に鎮静を呼びかけ、バリケードで死んだ前任者アッフル大司教とは正反対の利己的な情けない人物である。

おまえは元老院にはいり、椅子が高くなり、
財産が増えるのを見たがっている。
それもよかろう、だが人間を祝福するのは、
道路の敷石の血を洗ってからにしろ。……

さあ、シブール大司教よ、おまえの右を見よ、
　そして左を見よ。

おまえの助祭は**裏切り**で、副助祭は**盗み**だ、
　おまえの神を売るがいい、魂を売るがいい。
さあ、おまえの司教冠を被れ、さあ、おまえの首輪をつけて
　歌うがいい、破廉恥な老いぼれ司祭め！

言うまでもなく、この詩集の最大のテーマは倦むことなく語られる小ナポレオンへの激しい怒り、糾弾、憎悪、呪詛だが、そのひとつの「皇帝のマント」と題される詩はナポレオン三世が、一世が戴冠式で着たような蜜蜂の図柄のマントを好んだというエピソードを、新皇帝懲罰のための意外な詩想に転用している。

露を飲んで生きる清純なものたち
花嫁のように、
丘に咲く百合を訪れるものたち

ああ、深紅の冠の姉妹、
光の娘、蜜蜂たちよ、
あのマントから飛び立て！

あの男に飛びかかれ、戦士たちよ！
ああ、気前のよい働き手よ、
金の翼、炎の矢よ、
旋回しろ、あの恥知らずの頭上で！
言ってやれ、私たちをなんだと思っているのかと。……

そしてみんな一緒になって刺してやれ。
震えてばかりいる民衆を恥じ入らせてやれ。
あの汚らわしいペテン師の目をつぶしてやれ。
しつこく襲いかかれ、残忍な虫たちよ。
蠅のようになって、あいつを追いはらってくれ、
人間たちはあの男を怖がってばかりいるから！

国民の無関心にたいする失望にくわえ、独裁者にたいする憤怒と呪詛とがこれほど激しい言葉で公然と表現される詩は、少なくともフランス文学にあって類例を見ない。

贖罪

ここでこの詩集のもっとも重要なテーマに移る。『小ナポレオン』の「伯父と甥」と題される章に「ナポレオンを殺したのはルイ・ボナパルトにほかならなかった。ハドソン・ロウはその命を奪っただけだが、ルイ・ボナパルトはその名誉を無にしてしまったのである」という一文があった。『懲罰詩集』でこのテーマが集中的に扱われているのは「贖罪」と題され、七部四百行からなる長い叙事詩においてである。そして若き王党派詩人以来、ほぼ三十年ぶりに英雄のオーラを剝奪された、たんなる凡庸な独裁者としてのナポレオンの姿が初めてユゴー作品に登場するのだ。

詩の前半ではナポレオンの功罪が列挙され、結局、諸悪の根源が一七九九年のブリュメール十八日のクーデターにあり、これが甥に悪しき先例を残したのだといわれる。そして、その結果がこんな有様なのだという。

皇帝よ、人びとはおまえを青い偉人廟から引っぱりだした！
皇帝よ、人びとはおまえをあの高い記念柱から引きずり下ろした！
見ろ。渦を巻いて群がる悪党ども、おぞましい浮浪者どもが、
おまえを捕まえて、捕虜にしている。
おまえの青銅の足指に、やつらの汚い手が触れる。
やつらがおまえを捕まえた。皇帝大ナポレオンとしては
　おまえは死んだ、星が沈むように。
そしておまえは生まれ変わったのだ、
　ボアルネ曲馬団の調馬師として。
なんと、おまえはやつらの仲間になったのだ。……
森の片隅でフランスという旅人の身ぐるみを
　剝いだために、ほら、やつらのぼろ着に血が付いている。
そしてシブールは聖水盤で、やつらの下着を洗っている。
ライオンだったおまえはやつらに従い、やつらの主人は猿だ。
ナポレオン一世よ、おまえの名はやつらのベッドの役目を
　はたしているのだ。

おまえの立てた武勲は、やつらの恥辱を酔わせる
　安物の酒になっているのだ。
ホメロスではじまり、カロで終わる
叙事詩よ！　叙事詩！　ああ、なんたる結末！

ここでボアルネ曲馬団のボアルネとはルイ・ナポレオンの母親であるオルタンス・ド・ボアルネのことだから、ユゴーはナポレオン一世の名を悪用する三世やその追従者たちを「曲馬団」になぞらえ、ナポレオンをその「調馬師」でしかなくなったと見なしている。また、大ナポレオンの数々の武勲もいまや、ナポレオン三世一派の「恥辱を酔わせる安物の酒」でしかなくなったと断じている。さらにカロは十七世紀の版画家で、兵隊、道化、酔っぱらい、乞食などを得意な画材にしていたから、「ホメロスではじまり、カロで終わる」とは勇壮から滑稽への転落という意味になる。かつてのユゴーのナポレオン崇拝がここで完全な幻滅、さらには辛辣な嘲笑、激烈な呪詛に変じているのだ。そして、かつての崇拝が熱烈であったたぶん、それだけよけいに現在の呪詛も激烈なものになるのである。

こうしてユゴーはふたりのナポレオンの連続性を確認し、同列において嘲笑するようになった。ただ、見逃してはならないのは、前半に見られるこの節である。

皇帝は死んで、破壊された帝国のうえに倒れた。
ナポレオンは柳の木の下で永久の眠りについた。
すると国民は、地球の端から端まで、独裁者の彼を忘れ、
英雄の彼に夢中になった。
詩人たちは彼に死刑を執行した王たちの額に烙印を押し、
思慮深げに、打ち砕かれたこの偉人を慰めた。
主をなくした記念柱に彼の彫像をもどした。
目を上げると、パリの街に、静かに、すべてを見下ろしながら
彼が立っているのが見えた、
昼は青空を、夜は星空を背にしてただひとり。

かつて「独裁者の彼を忘れ、英雄の彼に夢中」になり、「主をなくした記念柱に彼の彫像をもどした」のは他ならぬヴィクトール・ユゴー自身だった。もしナポレオン三世の帝政がナポレオン一世の名誉失墜、果たすべき贖罪の原因として断罪されるべきだとすれば、ユゴーはこの歴史の成り行きに大いに荷担し、少なからず貢献したのであり、そのかぎり

においては彼なりの責任があり、相応の自己批判と自己処罰の責務は免れないはずである。思えば、一八二一年のナポレオンの死後、王政復古の時代に「ヴァンドーム広場の記念柱に寄せるオード」「彼」などナポレオン賛美の詩をいくつも書いたのはユゴーである。また、七月王政の時代に「ナポレオン二世」「皇帝の帰還」などナポレオン伝説を拡める詩を発表するのみならず、ボナパルト一族の帰国願いを弁護し、不覚にもルイ・ナポレオンその人の大統領選出の支援をして、しばらく新大統領の政策を支持していたのもユゴーである。そうであってみれば、これから剣の世界を否認して両ナポレオンを断罪し、ふたりと訣別する「脱ナポレオン化」を敢行するには、ただナポレオン三世を一方的に「懲罰」するだけではすまず、まずかつてのじぶん自身の責任と罪をはっきりと自覚する必要があった。そもそもの遠因、痛恨の極みはじぶんに、みずからの二十年にわたるナポレオン崇拝にあったのだと。だから彼があえてここで、ナポレオン伝説の誕生への詩人たちの荷担に言及しているのである。

こうして彼はかつてのじぶん自身とともに、ふたりのナポレオンと最終的に訣別する詩を書くことで「内面の革命」を果たし、みずからの忌まわしい英雄崇拝の過去を断罪して、彼なりの「贖罪」を果たそうとした。つまりナポレオン三世のクーデターと独裁は、ユゴーにとって長年のナポレオン崇拝に終止符を打つ好機、時宜にかなったとどめの一撃になってくれたのだ。じっさい、以後のユゴーは英雄としてのナポレオンについて書くことはなく、六二年の小説『レ・ミゼラブル』では、ナポレオンと同い年で、ナポレオンの退場のあとに、トゥーロン徒刑場からわざわざナポレオン街道をのぼってくる、いわば反ナポレオン的英雄のジャン・ヴァルジャンを登場させることになる。そしてこのジャン・ヴァルジャンがモントルイユ・シュル・メールで再生するときにはマドレーヌ氏、すなわち贖罪者マグダラのマリアと同じ名を名乗るだろう。

さらに、ユゴーは同じ『レ・ミゼラブル』で、一時的に熱狂的なナポレオン崇拝者になるマリユスについて述べながら、「剣による狂信が彼をおそい、心のなかで、思想にたいする熱狂と絡みあってしまった。だが、彼はじぶんではそうと気づかずに、天才と力を結びつけ、天才と力を混同しながら、力を崇拝していたのだ」（第三部第三篇第六章）と、念を押すように真摯な自己批判と反省をおこなっている。だから詩篇「贖罪」は彼の人生の決定的な一大転機となる覚醒と改心の表明であった。そしておそらくこのような忌まわしいナポレオン幻想から覚醒したこの時点から、ユゴーは真の文人ヴィクトール・ユゴーになりはじめたといえる。

『懲罰詩集』はしかし、ひたすら怒り荒ぶる心からのみ書かれているわけではない。最後の「光《ルクス》」という長く静穏な詩には旧約聖書のイザヤ書やエゼキエル書に範を求めたこんな予言者的な言葉が連ねられている。

空の奥に一点きらめくものがある。
見てごらん、それが大きくなり輝いている。
ますます大きく赤くなって近づいてくる。
ああ、世界共和国よ、
おまえはまだ煌めきにすぎないが
明日には太陽になるだろう。

ここで「世界共和国」といわれているものは、じっさいは「ヨーロッパ合衆国」のことであり、ユゴーは「帝国は平和だ」と言って憚からなかったナポレオン三世にたいして、この超国民的な世界共和国の理想を突きつけるのである。ただ、この理想の詳細はあとで述べる。

幸せな時が光り輝くだろう、フランスだけのためでなく、

万人のために。ただ過去にとってのみ不吉な、
そのような解放のなかに見られるだろう、
全人類が花を戴いて歌うのが、
まるで一家の主が、追い出されてだれもいない
家にもどるように。

さらにユゴーは共和国の属性である人類の〈進歩〉という揺るぎない信念、あるいは祈願を語って、この詩を結んでいる。

〈進歩〉の聖なる木は、かつては夢のようなものだったが、
成長し、ヨーロッパを覆い、アメリカを覆い、
破壊された過去を覆い、
その枝を透かして、清らかな霊気を輝かせるだろう。
昼には白い鳩がいっぱい、夜には星がいっぱい現れるだろう。
そして死んでいる、きっと亡命中に死ぬにちがいない私たち、

血を流している殉教者たちは、人間が主人もなく、
天近く、愛を注ぐその大きな木のしたで
より誇らしく、より美しく生きるようになるとき、
墓の底から目を覚まし、その幹に接吻するだろう。

ここに生涯「神の第一歩」である「進歩の殉教者」を自任した詩人ユゴーの永遠の信念がある。彼はこの詩集をたんにナポレオン三世懲罰だけにとどめたくなかった。なぜなら、「詩人は不敬虔の時代にやってきて／より良い明日を準備する。彼はユートピアの人間だ」からだ。もっとも、どんな人間もひとりで生まれ、ひとりで死んでいくが、みずからの死のあとになにかしら人間の進歩があることを願い、信じようとするのは、必ずしも詩人だけの特権ではないだろう。

なお、『懲罰詩集』以後、ユゴーの詩に神秘性、つまり予言的次元、そして幻視者的次元がくわわり、新たな詩人の誕生ともいえるような詩的言語の創出がなされるようになる。ほぼこのころと推定される彼の手帳にはこんな瞠目すべき記述が見られる。

私には亡命がだんだん良いものに思えてくる。亡命者はみずから知らないうちになにかしらの太陽のそばにいるのだと信じねばならない。なぜなら、彼らは成熟するのだから。この三年来、私は人生の真の頂点にあるように感じる。そして私には、人間たちが事実、歴史、事件、成功、破局、〈神意〉の巨大な機械と呼ぶものすべての現実の輪郭が見える。たとえこの観点だけからでも、私を追放したボナパルト氏と私を選んだ神に感謝すべきだろう。おそらく私は亡命地で死ぬだろうが、いちだん大きくなって死ぬだろう。すべてよし。（『見聞録』）

亡命によるみずからの脱皮、変容、成熟を明確に自覚した言葉である。ロマン主義研究の泰斗ポール・ベニシューも、古典的な名著『フランスのロマン主義Ⅱ』のなかで、ユゴーが元来もっている「神に選ばれた」聖職者としての詩人の使命を十全に果たす、つまり従前の政治的な行きがかり、しがらみと完全に縁を切り、だれ憚ることもなくみずからの思念と存念を吐露するには、身体的にフランスから離れ、ロンドンやブリュッセルなどの大都会ではなく、ジャージー島の岩山のような遠い場所が必要だった、なぜなら、「彼にとって亡命は喪失であると同時に聖別でなければならなかったからだ」と言い、そこは「詩人の聖職者意識が最高度に高まり、このうえなく激高した言葉を告げる予言者、神の怒りの代弁者を自任するのにまたとない場所だった」と述べている。ナポレオンのように絶海の孤島に追放されたじぶんはいまや、古代ローマの予言者たちが流謫の地からローマ皇帝に呪詛の言葉を浴びせたような、あるいはフィレンツェを追放されて亡命詩人になったダンテのような、高次の歴史的使命をおびているといった自負と高揚感が生じたのだ。

ユゴーのもっていたこのような詩人の「聖職者意識」は現在では容易に想像できないものだが、フランス十九世紀のとくにユゴーが登場した前半に、詩人が崇高な使命感をもつ聖職者のような存在だとじっさいに信じられた時期があった。前世紀末の大革命によって、長年国教であったカトリックが徹底的に弾圧され、第一身分たる聖職者層の一掃、教会財産没収などが貫徹されたために、社会に巨大な宗教・精神的な空白が生じた。その空白をうめようとしたのが神と人間との媒介者たらんとした詩人だった。なかでも、若いころからとりわけそのような詩人の聖なる使命という意識をもっていたのがヴィクトール・ユゴーであり、初期の詩集『新オード集』の序文でもすでに、「詩人は民衆のまえを光のように歩まねばならない。……詩人は神のものでなければ、どんな言葉の谺《こだま》にもならない」と宣言している。そしてこの度の亡命という運命によって、彼はいやがうえにもその「聖職者意識」を掻きたてられたのである。

じっさい、ユゴーの生涯においてこの十九年間の亡命時代ほど創作力が劇的な高まりを見せた時期はなかった。だから「私を追放したボナパルト氏と私を選んだ神に感謝」するのはけっして強がりではなく、事実を率直に述べたものにすぎない。彼は一八五三年から五八年にかけて代表作『静観詩集』『諸世紀の伝説』、『神』『サタンの終わり』『精神の四つの風』などに収められる哲学・神学的な詩篇を驚異的なスピードで書きすすめた。これに引きつづき、小説の代表作『レ・ミゼラブル』を六二年に、最重要の評論『ウィリアム・シェイクスピア』を六四年に刊行している。この亡命時代はユゴー創作の頂点を画すといってなんら過言でなく、彼の代表作はすべてこの時代に書かれている。ただ、本筋と離れるのでこれ以上この点に立ち入るのは差し控えておく。

他方、一八四八年十二月の大統領就任以後七〇年九月の皇帝退位まで二十二年近く政権を維持するという、フランス近現代史上最長の権力者だったナポレオン三世は、ユゴーが一時期誤って期待したほど「善良な」人物でも、マルクスが見下したほど「取るに足らない人物」でもなく、したたかな政治力を発揮して実績を積みあげ、国内を安定化することに成功していた。内政面では金融システムを改革し、鉄道建設、パリをはじめとする都市改造などで産業を活性化し、失業者を大幅に減少させる。対外的には大量の戦死者を出したものの、五六年のクリミア戦争の勝利に引きつづき、イタリア統一戦争に荷担し、やがて五九年五月に宿敵オーストリアに宣戦布告、みずから出陣してソルフェリーノで勝利し、一八一四年以後のいわゆるウィーン体制を瓦解させる。またその余勢を駆って、翌年のトリノ条約によってサヴォワとニースをフランスに併合し、国民の愛国心を大いに満足させるだろう。

『レ・ミゼラブル』執筆再開

ユゴー一家がジャージー島から追放されて、その隣のガーンジー島に移らざるをえなかったのは一八五五年十月のことだった。この時期、クリミア戦争で同盟を結んだ仏英関係が親密だったので、ナポレオン三世の意をうけたイギリスの内務大臣パーマストン卿が、ユゴーの不遜な言動を牽制するためにジャージー島から追放したと、少なくともユゴー自身は考えていた。ユゴーが亡命したいずれの島もイギリスの王室直轄領だったが、政治的にはイギリス政府が支配していた。だが、このふたつの島は犬猿の仲で、ガーンジー島はジャージー島から追放された者なら喜んで迎えてくれた。ユゴーはこの地に「オートヴィル・ハウス」と命名した邸宅を購入し、七〇年に帰国するまでそこに住むことになった。なおたまただが、ユゴーが亡命したふたつの島はいまでもタックス・ヘイヴンの地として知られ、ユゴーは年に鶏三羽を女王に献上するだけで税金を払わなくてもよかった。

ユゴーが一連の詩作に区切りをつけて、四八年の「二月革命」時に中断した懸案の小説『レ・ミゼール』を読みなおし、満を持して『レ・ミゼラブル』と改題、書き終えることを決意したのは一八六〇年四月二十五日のことだった。『レ・ミゼラブル』のストーリーからいえば、全体の五分の四までが書かれていた。あとは第五部にあたる部分、つまり共和主義革命の理想に殉じるアンジョルラス、コンブフェールら「ABCの友の会」の闘士たちの悲壮な死、マリユスとコゼットの結婚、ジャン・ヴァルジャンの安らかな死などといった話を追加するだけでよかったはずだった。

ところが、最終稿の分量は中断されていた分の倍にまで大幅にふくれあがってしまった。ストーリーとの関連、またストーリーに奥行きをあたえるために、みずからの思想、哲学、すなわち歴史論、社会論、神学・宗教論、宇宙論などをくわえる必要を感じたからである。彼は二年近い年月を費やし、『レ・ミゼラブル』第一部「ファンチーヌ」を六二年の四月三日に、第二部「コゼット」と第三部「マリユス」を五月十五日に、そして、六月三十日に第四部「プリュメ通りの牧歌とサン・ドニ通りの叙事詩」と第五部「ジャン・ヴァルジャン」を刊行した。一八四五年十一月から書きはじめたこの長編小説を、長い中断をはさみ、なんと十七年後に完成させたのである。

本書の観点からして見逃せないエピソードがある。それは彼が執筆の終盤に差しかかってワーテルローを訪れ、六一年五月十五日から七月二十一日まで滞在したことである。そのことは小説にも書かれていて、第二部第一篇第一章はこのようにはじまっている。

昨年（一八六一年）五月のある朝、ひとりの旅人、つまりこの物語の作者がニヴェルからやってきて、ラ・ユルプ方面に向かった。徒歩だった。二列の並木のあいだの広い鋪道を歩いていった。鋪道には大きな波のように次々と丘があらわれ、道が持ち上がったり下ったりしてうねっていた。彼はとっくにリロワとボワ・セニュール・イザークを通りすぎ、西の方角に、花瓶を逆さにしたような形のブレーヌ・ラルーの鐘楼をのぞんでいた。

ユゴーがワーテルローの戦場が見下ろせるモン・サン・ジャンを訪れたのは五月七日だった。これは必ずしも偶然ではなく、一八六一年五月五日がナポレオン一世の死後四十周年にあたっていたからだ。つまり彼は当初の予定にはなかった第二部の「ワーテルロー」の篇をナポレオンの死の四十年後にじっさいの戦場に赴き、いわば現地で追体験しながら書きあげねばならないと考えたのである。

だから、ホテルも偶然選んだわけではなく、宿泊したオテル・デ・コロンヌの部屋から見える光景は、「ワーテルローの戦いをはっきり思い浮かべたいなら、頭のなかで大文字のAを地面に横たえるだけでよい」という名高い一文にある、そのAのてっぺんからの展望にほかならなかった。そこはかつてウェリントンの陣地があったところだ。つまりユゴーは、あたかもナポレオンの乾坤一擲《けんこんいってき》の戦いとその決定的な敗北、ヨーロッパの歴史からの最終的な退場の現場を敵陣から見届けるようにして、この小説を仕上げることを望んだのである。そして六月三十日にオーギュスト・ヴァクリーにこんな手紙を書いた。

親愛なるオーギュスト。私は今朝、六月三十日八時半、窓に注ぐ麗しい太陽につつまれながら、『レ・ミゼラブル』を書き終えた。私はワーテルローの平原で、ワーテルローの月にみずからの戦いを開始した。この戦いが敗北でなかったことを期待している。……といっても、私はべつにじぶんがなしたことを公刊するのを急いでいるわけではない。私にとって肝心なのは『レ・ミゼラブル』が完成したということなのだ。

これは彼が『レ・ミゼラブル』の完成を同時に彼自身の「内面の革命」、すなわちナポレオン的な征服の精神との最終的な訣別の象徴的儀式としたかったということである。じっさい、この篇「ワーテルロー」の締めくくりでも、ナポレオン敗北の必然性について、

「ワーテルローの勝利者ボナパルト、そんなことは十九世紀の法則ではもはや許されなかったのだ。……血煙、死者があふれ出す墓場、涙に暮れる母親たち。それらが悲鳴にも似た糾弾の声をあげていた。……ナポレオンは無限のなかで告発され、その失墜が決定されていた」と述べている。さらにこう書いてナポレオンを突き放している。ここで「無限」は、ユゴー的にはほぼ神のことである。

だが無限にとって、それがなんであろうか？ あの嵐、あの雲、あの戦争、それからあの平和、あの影などは、ただの一瞬もかの広大無辺の目の光を乱すことはなかった。その目のまえでは、草の茎から茎へと飛びうつるアブラ虫も、ノートルダム寺院の塔の鐘楼から鐘楼へと飛翔する鷲も同じなのである。

ここで「鷲」はむろんナポレオンのことだが、こんなふうにナポレオンはいまやアブラ虫と同等の取るに足らぬものとして扱われている。往時の英雄崇拝は影も形も見られなくなっているのである。

『レ・ミゼラブル』が発売されるや前代未聞のベストセラーになったことは、有名な伝説として語りつがれている。パリでは発売当日にたちまち売り切れ、労働者たちが一フランずつ出しあって一冊十二フランの本を買って回し読みしたとか、国外のドイツ、ポルトガル、スペイン、イタリア、ベルギー、オランダ、ロシアなどで翻訳されたとか、文学の枠をこえて一種の熱狂的な「社会現象」にさえなったと伝えられている。

それにしても、『レ・ミゼラブル』は帝政のアンチテーゼである共和政の理想を高らかに歌いあげ、学生たちの革命集団「ABCの友の会」の蜂起を思いきって理想化している小説であるのに、これを多くの国民のみならず国外の外国人までが熱烈に支持するといった事態を、はたして第二帝政の官憲が黙って見過ごしていたのだろうか。フランス文学史においては、この五年まえの一八五七年にフローベールの『ボヴァリー夫人』とボードレールの『悪の華』が「風俗紊乱《びんらん》」の廉で裁判沙汰になったことがよく知られている。だが、「危険思想」の度合いからすれば、『レ・ミゼラブル』はその比ではない。公然と皇帝に刃向から不届きな亡命作家の描くガヴローシュやアンジョルラスら革命的反抗者は、エンマ・ボヴァリーなどよりはるかに不穏分子にちがいなかったからだ。

そのうえ、一八六二年四月一日、すなわち『レ・ミゼラブル』第一部発売の二日まえに、フェルディナン・トールという学生が、カルティエ・ラタンのカフェで『懲罰詩集』の「贖罪」を読みあげたというだけで、一か月の禁固処分をうけている。この時期帝政がやや自由主義に転じたといっても、このように国内の検閲体制が厳密に施行されていたのだ。

だからベルギーやイギリスの新聞がユゴーの小説が発表された十日後に、「この作品はいずれ押収されるだろう」という観測記事を書いたのも無理はなかった。

ただ、カルティエ・ラタンの一学生とヨーロッパ中に名の知れた文豪ユゴーとではわけが違う。すでに「社会現象」ともいえる異例の人気作となっている『レ・ミゼラブル』続編をいまさら禁書にして差し押さえてみても、国際的なスキャンダルになるだけの話だから、政府としては嘲笑されるより、表向き静観しているほうが無難だと判断したのだろう(もっともローマ教皇庁の判断は別で、一八六四年から一九六二年の第二ヴァチカン公会議まで百年間にわたって禁書にした)。

ただよく読めば、『レ・ミゼラブル』に第二帝政批判、ナポレオン三世にたいする秘かで執拗な戦いと見なしうる箇所がないわけではない。万が一の検閲・発禁を慮《おもんぱか》って、目立たないところにぽつぽつと忍びこませてあるので、検閲官の目にふれなかったのだろう。ふたつだけ事例をあげておく。第二部第七篇「余談」で修道院制度の時代錯誤を述べるところにこんな文章が見られる。

過ぎゆくこの時期、幸いなことに十九世紀に痕跡を残すことはないこの時期、多くの人間たちがうつむき、気高い魂を忘れているこの一時期に、生きている多くの者たちが享楽することのみを道徳と心得て、手っ取り早く歪んだ物質的事柄ばかりに気を取られているなかで、……修道院にはいるとは諦観を意味するが、的外れな犠牲でも犠牲であることに変わりはない。

ここで「幸いなことに十九世紀に痕跡を残すことはないこの時期」とは、作品が発表された一八六二年、つまり第二帝政の中期のことであり、この時期が十九世紀に痕跡を残さない、つまり歴史から抹殺されることを作者は願っている。それは「多くの人間たちがうつむき、気高い魂を忘れ、……享楽することのみを道徳と心得て、手っ取り早く歪んだ物質的事柄ばかりに気を取られている」という嘆かわしい風潮に染まっているからだとされる。このような社会こそ『懲罰詩集』のなかでユゴーが糾弾してやまなかったルイ・ナポレオン独裁下の、政治的自由が忘れられた物質中心主義の社会にほかならない。この時期のフランスについて、さらにこんな批判的な言辞も見られる。

金儲けのせいで堕落しきっているたぐいの人種は、文明の引率者としては不適格である。やすやすと偶像だの金貨だののまえに跪く輩は、歩く筋肉も、進む意志も萎えてしまう。礼拝や商売などに心を吸いとられていると、国民の輝きが薄れ、レヴェルが低くなり、視野が狭まり、なんらかの使命を担う国家をなす、世界的な目標についての、人間的かつ神的な把握力を取りあげられてしまうのだ。

（第五部第一篇第二十章）

これは明らかにナポレオン三世が推進する経済中心主義のフランス社会について厳しい警告を発するものであり、第二帝政へのユゴーの挑戦と糾弾はおよそやむところを知らないのである。

非戦の思想

『レ・ミゼラブル』発表の二年後の一八六四年四月十四日、ユゴーのもっとも重要な評論『ウィリアム・シェイクスピア』が刊行された。彼がもともと「クロムウェル序文」以来敬愛おくあたわざるシェイクスピアについて書こうとしたのは、息子のフランソワ＝ヴィクトール訳によるフランス最初のシェイクスピア全集が完成間近になり、かねがねその序文を書くことを約束していたからだった。しかも、一八六四年四月二十三日はシェイクスピア生誕三百年の記念日にあたっていた。

新著『シェイクスピア』は三部からなり、シェイクスピアの生涯と作品、天才論、時代のあるべき美学などに頁が費やされるが、「結論」には歴史・政治論、間接的な現政府批判が見られる。これは前々節で見たナポレオン的な力の英雄崇拝否認の延長でもある。たとえば、こんな言葉がある。

力の人間たちの時代は終わった。たしかに彼らは輝かしかったが、その光輝は溶解を免れないものだった。この種の偉人は進歩のなかに溶けてしまう。フランス革命がすでに一般意識を導いた成熟の地点では、英雄はなぜじぶんがそうなのか言うことなしには英雄でなくなり、隊長は疑問視され、征服者は容認されない。……こんにちまで響きわたる英雄たちが人間の理性を聾してきた。そのような壮大な喧噪は人間の理性を疲弊させはじめている。戦争と呼ばれるこのような殺戮をまえにして、理性は目を閉じ、耳を塞ぐ。最高の虐殺者たちは役割を終えた。以後、彼らが名高く敬意をはらわれるとすれば、それはある相対的な忘却のなかである。高められた人類は彼らなしですませることを求める。肉弾となる兵卒もまた考える。彼は意見を変え、砲撃されることへの憧れをなくしてしまうのだ。

これがたんなる一般的な非戦主義の宣明にとどまらず、間接的ながら強烈な政府批判になることを納得するには、「帝国とは平和なり」と公言していたナポレオン三世が主なものだけでも一八五三年九月ニューカレドニア占領、五四年対ロシア宣戦布告、五七年十二月中国介入、五九年二月サイゴン占拠、五月対オーストリア宣戦布告、六〇年七月シリア占拠、六一年十月メキシコ介入、六月コーチシナ（ベトナム南部）の植民地化、そして六三年四月カンボジアを保護下に置いたことを思いだすだけでいい。第二帝政の時代の五〇年代から六〇年代の十数年間に、フランスの植民地帝国がアフリカ、アジア、南米にまで地球的に拡大し、定着した。ナポレオン三世は好戦的な帝国主義者であり、フランス植民地帝国の中興の祖だったのである。これに反してユゴーは「高められた人類は彼ら（戦争指導者）なしですませることを求める。肉弾となる兵卒もまた考える」として、カントに倣って、人間を手段ではなく目的とする、いわゆる「個人の尊厳」を視野に収める非戦論者、先駆的な反植民地主義者だった。

だから彼は最後に「最高の虐殺者たちが役割を終えた」現在、「行動の人間が背後に席をとり、思考の人間が前面に席をとる時だ。思考のあるところにこそ力がある。天才が英雄のまえに出る時だ」と主張する。これはじぶんのような思考の天才こそがナポレオン的英雄（ましてやナポレオン三世のような英雄のパロディーごときは言うにおよばない）にとって代わるべきであり、力と天才は明確に区別されるべきだと言わんとしている。そしてこのあと彼は唐突に、元ウェストファリア王、すなわちナポレオンの弟ジェロームが彼のインク壺を褒めたという思い出を持ちだし、ジェロームが「インク壺は大砲に優る」、結局ペンは剣に勝つと語ったという。一八四八年にユゴー邸でじっさいにあったエピソードである。四八年といえばもちろん、ユゴーのイニシアチブでジェロームをはじめナポレオン一族の帰還が可能になり、その恩恵をうけたルイ・ナポレオンがロンドンから帰国、さらにユゴーが支援して共和国大統領に就任した年だ。彼はこの「過去」を新たに持ちだし、間接的にナポレオン三世に当てつけるようにこう書いている。

ナポレオンの弟にしては悪くない言い方だった。このことで彼に感謝しなければならない。文具がいずれ剣を破壊するはずだから。戦争、力、戦利品の人間たちの減少、思想、平和の人間たちの無限の際だった増加、真の巨人たちの回帰、これこそ私たちの偉大な世紀のもっとも偉大な出来事である。
上位の威力からの解放、夢想家によって逃亡させられる権力者、英雄を打ちのめす予言者、思想による力の一掃、清められた空、荘厳な追放、これほど感動的で崇高な光景がまたとあろうか。

こうなるとナポレオン三世にたいする間接的な批判というより、真っ向からの挑戦と言うべきであり、ユゴーが剣にたいするペンの優位をこれほど高らかに宣明したことはかつてなかった。

これには後日譚がある。ユゴーのふたりの息子と弟子のムーリスとヴァクリーが二月、シェイクスピア生誕三百年の記念行事をパリでおこなおうという計画を立てた。四月二十三日にオペラ座そばの豪華ホテル「グラン・トテル」で大午餐会を開き、そのあとポルト・サン・マルタン座で『ハムレット』『フォルスタッフ』『真夏の夜の夢』などの抜粋を特別観劇するというものだった。実行委員にはデュマ、サンド、ゴーチエ、ミシュレ、ジュール・ジャナン、ルコント・ド・リール、ベルリオーズら錚々たる人物が名を連ね、委員長にはユゴーが選ばれたが、それはわざと委員長席を空席にして、その不当な不在を国内外にアピールするためだった。この記念行事には六百人の参加申し込みがあった。

評論『ウィリアム・シェイクスピア』発売二日後に開かれた大統領官邸の閣議では、新聞紙上を賑わしている二十三日のシェイクスピア祭のことが話題になり、ナポレオン三世はユゴーが「不在によって輝く」ことを嫌ってたちまち禁止にした。そしてこの結果、とくにイギリスの新聞各紙がフランス皇帝の偏狭さ、不寛容を書きたてたために、ユゴーは遠方に居たまま面目を施すことができた。

これと時を置かず、ユゴーは『ウィリアム・シェイクスピア』の結論を例証するような
こんな詩を発表した。

六千年まえから戦争は
喧嘩好きの諸国民のお気に入り。
だから神が星や花をつくっても
時間の無駄だ。

無辺の空、清らかな百合、黄金の巣が
いくら忠告しても、
血迷った人間の心から、
どんな錯誤も取り除けない。

殺戮、勝利、
みんなはそんなものが大好きなのだ。

そして邪《よこしま》な大衆は
鈴ではなく太鼓を打ち鳴らす。

軍の栄光は、妄想のしたに、
勝ち誇る戦車のしたに踏みにじる、
哀れな母親たち、
小さな子供たちをひとり残さず。……

人は斬り合い、撃ち合ったりし、
山を越え、谷を越えて走りまわる。
恐怖に捕らえられた乗り手は
馬の鬣《たてがみ》にかじりつく。

広場には曙の光が見えるというのに。
ああ、私はほとほと感心する。
ひばりが歌っているというのに、

胸に憎しみをたぎらせているとは。

これはまさしく『ウィリアム・シェイクスピア』の結びで書かれた非戦の思想、すなわちナポレオン三世がイタリアで、またロシアやメキシコでおこなっていたような侵略戦争を念頭に置いた政府批判にほかならない。当時のフランスの読者はだれでも、多数の死者を出したセバスポールやソルフェリーノの残酷な戦いのことを思ったにちがいない。ここでユゴーが「最高の虐殺者」、すなわち支配者の恣意のみならず、戦争に熱狂する好戦的で「邪な大衆」にも批判の矢を向けていることに留意したい。だからこれは、ともすると野蛮を免れない人間性への俊敏な警戒であり、それを踏まえたユゴーの非戦主義の再確認だといえる。

世界共和国

さきに『懲罰詩集』から最後の「光《ルクス》」という長い詩のこのような詩句を引いた。

空の奥に一点きらめくものがある。
見てごらん、それが大きくなり輝いている。

ますます大きく赤くなって近づいてくる。
ああ、世界共和国よ、
おまえはまだ煌めきにすぎないが
明日には太陽になるだろう。

幸せな時が光り輝くだろう、フランスだけのためでなく、
万人のために。ただ過去にとってのみ不吉な、
そのような解放のなかに見られるだろう、
全人類が花を戴いて歌うのが……

ここで「世界共和国」といわれているものは、じっさいは「ヨーロッパ合衆国」のことだったが、「帝国は平和なり」といって憚らないナポレオン三世のフランス帝国にたいして、ユゴーはこのような超国民的な世界共和国の理想を突きつけたのである。彼が世界共和国の理想を語ったのは、一八四九年八月、パリで開かれた国際平和会議の議長として、ヨーロッパの平和は諸国民が普通選挙によってそれぞれの代表者を選び、戦争ではなく、連邦議会の討議によって実現すべきだと述べたときだった。カントの有名な永遠平和論は

共和国の諸国民同士の連帯を前提としていたが、ユゴーが同じ目標をもつ類似の「ヨーロッパ合衆国」論を提唱したこのとき、共和国の資格をそなえていたのはフランスだけで、他はすべて王政、君主制の国々ばかりだったから、それはあくまで未来の理想だった。

次に彼がヨーロッパ合衆国について言及したのは、一八五一年七月、再選を禁じる第二共和国大統領の任期延長を狙ってルイ・ナポレオンが憲法を改悪しようとしたことに、立憲議会で猛然と反対したときだった。彼は、あらゆる政府のなかでもっとも論理的かつ完璧なものである共和国は、人間の自由と同じように人民の「自然権」の一種であるとしたうえで、「フランス人民は君主制の旧い大陸の真ん中に、いずれヨーロッパ合衆国と呼ばれることになる、あの未来の宏壮な建物の基盤を、破壊できない花崗岩から切り取り、置いたのであります！」（『言行録』）とフランス革命を断固擁護して、議場の保守政治家たちを唖然とさせた。つまり、帝政、君主制に後戻りしかねない憲法改悪など時代遅れで論外だとしたのである。この時点でのユゴーは、ヨーロッパ合衆国は唯一革命の伝統をもつフランスが指導すべき世界共和国への一里塚だと考えていた。

ところが、この五か月後、ルイ・ボナパルトはクーデターによって第二共和政を終わらせ、その一年後、第二帝政を宣言してナポレオン三世を名乗ることになった。ユゴーは最初ベルギー、それからジャージー島、そしてガーンジー島に亡命せざるをえなくなった。

彼がヨーロッパ合衆国につづいて世界共和国と言いはじめるのはこの時期である。

亡命者となったユゴーはナポレオン三世の帝政批判の機会があればひとつも見逃さなかった。その手段はイギリス、ベルギーの新聞への寄稿だった。彼はまたこの手段をつかって、帝国に支配され、隷従を強いられている諸国民の共和政への解放運動を促し、支持した。たとえば、ポーランドのロシアからの、ギリシャ、キプロスのオスマン帝国からの、イタリアのオーストリアおよび教皇庁からの、メキシコ、キューバのスペイン王国からの解放。また、イギリス、ベルギー、スイスなどで開かれた国際的な集会、会議に出席して、ヨーロッパ合衆国、世界共和国の理想を説いた。その代表的なものは五五年二月、四八年の二月革命七周年記念の催しでおこなった演説である。彼のヨーロッパ共和国の概要は以下のとおりである。

一、ヨーロッパ大陸は唯一の人民になるが、共同の生のうちにもそれぞれの国民性は尊重される。
二、もはや戦争はなくなるのだから、軍隊は不要になり、ヨーロッパ全体で四〇億フランの軍事費の節約になる。
三、国境も税関もない自由な交易になるため、産業と商業が盛んになり、少なくとも百億フランの利益が見込まれる。

四、共和国の連邦制になれば、王侯貴族や聖職者といった寄生者に払われていた無駄な費用二〇億フランが節約される。

五、節約、また見込まれる合計一六〇億の基金により、失業その他の社会政策、貧困の撲滅が可能になる。

六、統一通貨ユーロを導入し、通貨の自由な流通を妨げていた従来のさまざまな規制、障害を撤廃する。

七、共和国にはとりあえずパリに中央議会を設け、その議員はそれぞれ国で普通選挙によって選ばれる。

たしかに非現実的な部分、時代遅れの部分、あるいは厳密に吟味しなおすべき論点がいくつもあるとはいえ、これは人と物の自由な往来、共通通貨ユーロ、関税の撤廃、ヨーロッパ議会など、ほぼ現在のEUに近いものだったため、前世紀の終わりごろには、ユゴーがヨーロッパ統合の「予言者」だったという言説が盛んになされたものだった。

ここで、これに関連して記述を先回りするが、そもそも彼の「世界共和国」はルイ・ナポレオンの第二帝政に対抗するために掲げられたものだった。ところが、これから十五年ほどして、フランスがプロシアとの戦争で敗退、第二帝政が崩壊し、第三共和政の時代になった。といっても、フランスはすっかり弱体化し、恒常的にプロシア・ドイツ帝国の脅威にさらされることになり、世界に誇るべき共和国というにはほど遠い存在になっていた。それでもユゴーはこれを「理想の痙攣」と見なし、一八七四年のスイスの国際平和会議のメンバーに向けて普仏戦争について語って、「この戦争の償いをすべきは人民である。償いとはすなわち連邦制の制定であり、その結末はヨーロッパ合衆国に行き着く。最後は人民のもの、すなわち〈自由〉そして〈平和〉のものになるだろう。期待しよう」と呼びかけ、あくまで希望をうしなうことはなかった。その後、ユゴーの死の百年後になって、たしかに二度の大戦という「理想の痙攣」があったものの、少なくとも現在のヨーロッパ諸国のあいだに戦争がもはやありえなくなったと思われる程度には、詩人の夢がEUというかたちで実現したのである。

なお、ユゴーがさまざまな機会をとらえて一八二〇年代から長年訴えていた死刑廃止はフランスでは一九八〇年に法制化され、また死刑廃止条項を認めないかぎりEUへの加盟も認められないことになった。これに関しても当時の法相バダンテールなど、ユゴーの先見性を思いだす者たちが少なからずいたものだった。

国際問題

このようにユゴーの関心はただフランスの政治だけにかぎられていたわけではない。彼は第二共和政末期にも「ローマ問題」でルイ・ナポレオンと対立していた。この時期も同じで、一八五九年にはアメリカの奴隷廃止論者ジョン・ブラウンの助命運動をおこない、一八六六年から六七年にかけてはオスマントルコの支配から逃れようとするクレタ島民の大義を擁護した。クレタ島独立支援の声明は六八年にも六九年にも発表された。六七年の五月には、イギリス政府にたいしてアイルランドの政治犯の死刑囚の助命運動をおこなっている。六月には、メキシコのファアレス大統領にたいし、ナポレオン三世の野望の不当性を認めつつも、ルイ・ボナパルトの傀儡《かいらい》になって死刑の判決をうけたオーストリア王子マクシミリアンの助命をイギリス、ベルギーの新聞紙上でおこなっている。これは政治的な主張以前の、死刑廃止というあくまで思想的な原則の問題だった。結局マクシミリアンは処刑されたが、ナポレオン三世のメキシコ進出についてはユゴーがすでに四年まえの六三年から痛烈に批判したことがよく知られている。十一月に友人のガリバルディがメンターナでフランスと教皇の連合軍に敗れると、「メンターナ、ガリバルディに」という長く悲壮な詩を書いて励まし、十七か国に翻訳されて国際的な反響を呼んだ。ただもっとも彼の思想を端的に表明したのは、六九年九月十三日から十八日までスイスのローザンヌで開催された平和会議においてである。

その会議の名誉会長を引きうけた当初、彼はブリュッセルから開会の辞を送ればすむものと考えていた。ところが、主催者からどうしてもご出席願いたいと懇願されて赴いたのだった。ローザンヌの駅に着くと、「ヴィクトール・ユゴー万歳！」「共和国万歳！」という歓呼の声に迎えられた。

ユゴーは開会の辞で、会議参加者に「ヨーロッパ共和国市民諸氏」と呼びかけ、平和の最初の条件は解放であり、目的は自由であると述べる。だから、独裁政下の平和、王政下の平和などを欲するのではなく、あくまで共和政のもとでの平和であり、現状でそれを勝ち得るには、残念ながら「最後の戦い」を避けるわけにはいかないと断言する。また閉会の辞ではじぶんは一八二八年から社会主義者だったと言いつつ、共和政と社会主義は不可分だとしてこう述べる。

市民諸氏、社会主義は生活を肯定し、共和政は権利を肯定します。前者は個人を人間の尊厳に高め、後者は人間を市民の尊厳に高めます。これ以上に深い一致があるでしょうか。

そう、私たちは全員一致しています。私たちは暴君を欲せず、評判の悪い社会主義を擁護するのです。（『言行録』）

ユゴーがここで言っている「社会主義者」とは貧困などの社会問題に積極的な関心をもつ人間というほどの意味だが、この時期、この場所で社会主義をこれほど強く打ち出したことは時流とも無関係ではない。一八六四年にロンドンで結成された第一インターナショナル（国際労働者協会）の大会は六七年にはまさしくローザンヌで、そして六八年にはユゴーが時々滞在していたブリュッセルで開かれているのである。また、政治的意見を異にするとはいえ、ブランキやプルードンといった旧知の人物たちがこの協会に深く関与していた。彼がつねにもまして戦闘的になっている一因もそこにあったにちがいない。そして彼が最後に、「敵は君臨し、統治し、そして現在滅びかけている」というとき、明らかにフランス第二帝政の崩壊を視野に収めはじめている。

亡命の終わり

一八六九年前後にはナポレオン三世の帝政はもはや盤石とはほど遠い状態だった。彼の威信は外交の失敗ですでに揺らいでいた。長年イタリアに兵を送りながら、定見がなかっていた。メキシコ進出は完全な失敗に終わって、六七年には屈辱的な撤退をよぎなくされた。彼がもっとも面目をうしなったのは対プロシア外交で、六五年ビアリッツでビスマルクと会談、普墺戦争で好意的な中立を守る代償にライン左岸の領土を得る約束をしていたが、プロシアの勝利後、あっさり反故にされた。

国内的にも一八六七年の経済危機のあと、第一インターナショナルなど国際的な労働運動の高まりをうけてストライキが相次ぎ、そのつど武力による弾圧があって、ときに軍が民衆に発砲することさえあった。また、共和主義者も徐々に勢力を回復し、六九年五月の立法院選挙では与党四四三万八千票にたいし、野党は三三三万五千票を得た。パリ、リヨン、ボルドーなどの大都市はすべて共和派が多数を占めた。重度の胆石に苦しむ病身のナポレオン三世は、保守派のルエールに代えて、反対派の領袖エミール・オリヴィエの助力を頼りにせざるをえなくなった。

一八六八年にユゴーには耳寄りのニュースがパリから飛びこんできた。反政府系のいくつかの新聞・雑誌がアルフォンス・ボダンの記念碑建立の募金をしたことで、《ル・レヴェイユ》誌の編集長シャルル・ドレスクリューズが裁判にかけられたのを、少壮の共和派の弁護士レオン・ガンベッタが第二帝政の成立にさかのぼって見事に弁護したというニュースである。ボダンはルイ・ナポレオンのクーデターの日々、ユゴーらとともにレジスタンスをおこない、バリケード上で英雄的な死を迎えた人物だった。このように、ルイ・ナポレオンに公然と反旗をひるがえす人物がフランスにふたたび現れてきたのである。

同じころ、シャルル、フランソワ＝ヴィクトール・ユゴー、ムーリス、ヴァクリーが昔の《レヴェヌマン》紙の復刊を企て、みずからの週刊誌が発禁になって国外追放されたロシュフォールや俳優の息子ロクロワを同人に迎え、《ル・ラペル》紙を一八六九年五月四日に創刊した。印刷はブリュッセルでおこなったが、公道およびキオスクでの発売は禁止だった。この週刊誌は何度も刊行停止になったが、それでもなんとか発行しつづけ、数年間一貫してそれなりの野党的な役割を果たすことができた。

ユゴーはガーンジー島から息子たちの相当に危険な活動を応援し、見守りつづけたが、たまに寄稿することがあった。たとえば、一八七〇年の五月にナポレオン三世が突如十八年ぶりに国民投票をおこなって妥協的な「議会帝政」の承認を求めたとき、ユゴーは「国民投票に反対する」というメッセージを寄せ、「名誉、正義、そして真実に対抗しうるいかなる時効もない。生き長らえる悪人は最初の犯罪に存続期間の犯罪を付けくわえるだけだ」と述べて不信任投票をするよう呼びかけた。

この国民投票の二か月後の七月十九日、フランスはプロシアに宣戦布告した。

というか、ビスマルクの罠にはまって、戦争に引きずり込まれた。ことの発端は空位だったスペインの王位にプロシア王の遠縁にあたるホーエンツォレルン家のレオポルド皇子が立候補したことにはじまる。もしそれが現実になれば、十六世紀にハプスブルク家のカール大帝に挟み撃ちにされたように、プロシア王家に西と東から包囲されることになるため、フランスとしては断じて容認しがたい事態だった。フランスの官民あげての猛反対に、レオポルド皇子は立候補を断念し、騒ぎが鎮静化するかに見えたが、フランスが深追いした。外務大臣のグラモンが「この王位継承問題は二度と蒸し返さない」という厳粛な確約をプロシア国王に求めるよう駐プロシア大使ベネディティに訓令したのである。

そこで七月十三日、ベネディティは温泉保養地エムスにいたウィルヘルムに会いに行った。ウィルヘルムはかなり丁重だが断固として、この追加の確約を拒否した。この報をうけたビスマルクは王の怒りを誇大にするかたちでセンセーショナルな声明《コミュニケー》を発表した（エムス電報事件）。この報に接したドイツの世論がフランスの非礼にたいし反仏感情をみなぎらせる一方、大使が侮辱されたと感じたフランスのほうでも好戦気分が高まり、十四日に慌ただしく開戦が閣議決定され、十九日に宣戦布告がなされたのだった。

ユゴーは《ル・ラペル》紙編集の同人たちと同様、もともとこの戦争には反対だった。だが、いったん開戦になったからにはかつての帝国軍人の息子としてフランスの勝利を願い、信じていた。ただフランス国内と違って、ガーンジー島ではイギリス、ベルギーの新聞のおかげで、正確な戦況がいち早く伝わってきた。それによると、五十二万の兵力に軍備が増強されてフランスの倍の大砲をもつプロシア軍と、七月二十八日皇太子を伴って皇帝みずから出陣した三十万のフランス軍の優劣がたちまちはっきりした。フランス軍はアルザスでもロレーヌでも敗走につぐ敗走を重ね、九月一日皇帝の軍隊はスダンで包囲され、翌日八万三千の兵とともにあえなく降伏した。この報をうけたパリでは民衆の蜂起が起こり、市役所でガンベッタ、ジュール・ファヴルらが共和政を宣言し、第二帝政が崩壊した。それとともにパリの警察責任者だったトロシュ将軍を名目的な大統領に仕立て上げて、穏健共和派の臨時国防政府が成立した。

ユゴーがフランス軍敗退という予測をしたのはかなり早い段階の八月八日で、この日、祖国に持ちかえるべき原稿を整理して三つのトランクに詰め、翌日にはムーリスに帰国の意思を伝えている。十五日にはガーンジー島をあとにして、オステンド経由で十七日夜にブリュッセルに着いた。十八日にフランス大使館に赴き、「銃を肩に提げ、城壁のうえでパリを守る衛兵」になるためにパスポートを申請した。領事館部では本省に問い合わせるので暫時待つようにという返事だった。そして翌日、本省からヴィクトール・ユゴー氏にパスポートを公布してもかまわないという許可がおりたと知らせてきた。この時期になるとフランスの統治機構もなかば帝政に見切りをつけていたのだろう。ところが、パリにいるフランソワ＝ヴィクトールから電報があり、絶対に出発を遅らすように伝えてきた。街頭デモが頻発するなど不穏な状況だったからである。足止めを食らったユゴーは三十一日に、のちに『新懲罰詩集』に再録される詩「フランスにもどるとき」を書いて時間をつぶした。これは帰国後の将来をかなり正確に予見する詩だった。

おそらく神もたまたま遭遇されたこのとき、
いったいだれに見抜けよう、
これから歯車が暗いほうに回るのか、
あるいは明るいほうに回るのか？

ああ、運命よ、
ヴェールに隠されたおまえの手から、
なにが出てくるのか？
忌まわしい陰気な影か、
それとも暁の星か？

九月三日、ユゴーはブリュッセルでフランス軍敗北とナポレオン三世降伏のニュースを知り、翌々日午後二時三十五分、パリの北駅行きの汽車に乗りこんだ。「自由がもどるとき、私もまたもどるだろう」という声明を出してから十一年、ルイ・ナポレオンのクーデターのときに九死に一生を得て、ベルギーに亡命してから十九年後に、彼は家族の離散、離島生活の不自由という長い試練を乗り越え、やっと祖国に足を踏みいれることができるようになった。

第四章　ユゴーとパリ・コミューン

ボルドー議会

ユゴー一行を乗せた汽車がパリの北駅に着いたのは、一八七〇年九月五日の夜九時三十五分だった。彼は駅にやってきた大勢のパリ市民の大歓呼の声に耳も心も奪われた。以下は彼の手帳、『見聞録』の記述にしたがう。

歓迎ぶりには筆舌に尽くしがたいものがあった。私は四度話した。一度はカフェのバルコニーから、あとの三度は北駅を出てポール・ムーリス宅のあるラヴァル街に向かう馬車からだった。だんだんふくらんでくる民衆にたいして私は、「あなたがたは一時間で、私の二十年の亡命の労に報いてくださった」と言った。

みんなが《ラ・マルセイエーズ》や《出発の歌》を歌い、「ヴィクトール・ユゴー万歳!」と叫んでいた。群衆のあいだではたえず『懲罰詩集』の詩句を口ずさむ声が聞こえていた。私は数え切れないくらい握手をした。北駅からラヴァル街までの行程に二時間も要した。群衆は私を市庁舎に連れていこうとした。私は叫んだ。「いや、市民諸氏、私は臨時政府を揺さぶりにきたのでなく、支持しにきたのだ」……

大通りに兵士の部隊が通りかかった。兵士たちは立ち止まって、私に敬礼した。私は彼らに言った。「諸君はいまでもヨーロッパ第一の軍隊だ。フランス軍がこれほど英雄的だったことはかつてなく、ヨーロッパは諸君に感銘をうけている。この恐ろしい戦争において、勝利はプロシア側にあるが、栄光はフランス側にあるのだ！」

さながら凱旋将軍のようにユゴーを迎えたパリの民衆にかぎらず、少なからずのフランス人は、ナポレオン三世に代わりうる国民的指導者はユゴーをおいて他にないと考えていた。それは《ル・ラペル》紙の同人や、シェルシェール、ルイ・ブランら被追放者仲間などだけではなかった。だが、この世の政治で理想の人物が期待どおりの要職に就くことは稀で、だいたいは次善、ときには最悪の人物が主導権を握る。かつてルイ・ナポレオンのクーデターにたいする「抵抗委員会」の同志だったジュール・ファブルが画策した臨時政府は、七月王政のときから強権派として悪名高かったチエールを政策実行責任者、事実上の首相に任命していた。

帰国の翌日から元将軍、政府高官、政治家など多くの人物がユゴーを訪れ、権力の掌握を勧めたり、またそれを前提としてそれぞれ猟官運動をしたりした。ユゴーとしては当面「私は何者でもないのだから」と答えるしかなかった。そのうえ彼には新たな政権のかたちを考えるまえに、解決すべき火急の課題があると思えた。いくら帰趨《きすう》がはっきりしたといっても、まだ休戦協定が結ばれていない以上は、フランスのプロシアとの戦争状態が継続しているからである。そこで彼はまだ時間があるうちにと考えて、九月九日にフランス語とドイツ語で「ドイツ人に訴える」と題する声明を出した。

ドイツ人よ、

……そもそもこの戦争はわれわれが起こしたものでしょうか？　そうではありません。戦争を欲し、戦争をはじめたのは帝政のフランスです。ところがこの戦争は終わりました。あなたがたはわれわれの敵でもあった帝政が滅ぼされたのですから、これ以上なにを望まれるのか？……

パリの死、それはなんたる喪の悲しみを招くことでしょう！

パリの暗殺、それはなんたる犯罪になるでしょう！

世界中が喪の悲しみに暮れ、あなたがたは永遠にその罪を負うことになるでしょう。そのような恐ろしい責任を引きうけることなく、どうか、ここで万事収めていただきたい。

最後にひと言。とことん追い詰められたパリ、蜂起した全フランスに支持されたパリは敵を打倒しうるし、また打倒するでしょう。もしあなたがたがそれでもなお、フランスを敵として戦おうとするなら、どうぞお好きなようにされるがいい。パリはただちに行動を起こし、兵を進め、あなたがたの砲火を浴びながらも、抵抗するでしょう。私もまた、城壁で老骨に鞭打ち、丸腰のまま、あなたがたと戦うでありましょう。私は殺されていく民衆とともにあることを誇りに思い、人を殺す王たちとともにいるあなたがたを気の毒に思うことでしょう。（『言行録』）

ユゴーとしては他ならぬじぶんがそのようにドイツ人に呼びかければ、彼らの君主の后が彼の詩の愛読者でもあるから、なにかしらの効果があるのではないかと期待していた。ところが効果といえば、ドイツの新聞記事に「ユゴーを縛り首にしろ！」という見出しがあったぐらいだった。ある意味では当然で、プロシア兵にとって敵国の皇帝と民衆を区別せよといわれても、じっさいには無理な相談である。さらに首府が占領されようとしているのに、あなたがたが気の毒だとは、笑止千万な話ではないか。だからユゴーの声明はなんの効果もなく、そのうちにプロシア軍のパリ包囲網の輪がじりじり狭まってきた。九月十七日、ユゴーはドイツ人にたいする平和の呼びかけでなく、今度はフランス人にたいする戦闘の呼びかけをおこなう。

彼はまず「フランスの帝国は共和国を攻撃したあと、即興的かつ卑劣なやり方でドイツを攻撃した。こんにちドイツは帝国によって仕掛けられた戦争の仕返しを共和国相手におこなおうとしている。ドイツがいまやっていることはドイツにしか関わらないが、しかし私たちフランスには諸国民および人類にたいする義務がある。その義務とはすなわち全力をあげてドイツと戦うことである」(同上)と言う。そしてドイツ兵はたかだか八十万いるにすぎないが、フランスには四千万の人間がいる。しかも戦場はフランスの国土、じぶんの庭のようなものではないかと述べる。「季節はわれわれに味方し、北風はわれわれに味方し、雨はわれわれに味方する。戦争か恥辱か！　悪しき銃も心善ければ優れ物となる。剣の古き一片も、腕勇敢なれば無敵になる」(同上)と、いたってテンション高く国民を鼓舞した。

ユゴーがこのような悲壮な呼びかけをおこなって間もなく、プロシア軍がパリを完全に包囲し、外部との連絡が絶たれてしまった。彼は十月二日に「パリ市民に訴える」という声明文を発表する。そこではもはやパリが兵糧攻めにされるか、空爆されるかすることを覚悟すべきだが、しかしやがて冬がくれば状況はこちらに有利になるから、「パリは自衛してやがて勝利を収めるだろう。市民諸氏よ、全員が火の玉になるのだ！　もはやあちらのプロシア対こちらのフランスしかない。これ以外に緊急なことはなにもない」と、あくまで徹底抗戦を悲壮な調子で呼びかけている。

このようなパリ市民の窮状と飢餓状態を嘲笑うかのように、ビスマルクが陣取るヴェルサイユでは、一八七一年一月十八日、宮殿の「鏡の間」でプロシア王ヴィルヘルム一世のドイツ皇帝戴冠式が華やかに執りおこなわれるという、フランス人にしてみればひどく屈辱的な出来事があった。

一月二十八日、臨時政府とプロシア軍のあいだで休戦条約が結ばれ、その条約にしたがい、新たな政府の承認、来たるべき講和などを審議する議会がボルドーで開かれることになった。二月二日、ビスマルクの要請によってフランス全土で実施された選挙では、意外にも王党派勢力の圧勝に終わった。正統王朝派とオルレアン派が全議席の六割を占め、三人に一人が貴族だったので、「公爵たちの共和国」などと揶揄された。共和派は都市部を中心に五十名ほど選出され、ユゴーはパリ選挙区でルイ・ブランやガリバルディとともに選ばれた。獲得票数は二一万四千票だった。

ユゴーは二月十三日にボルドーに向かい、翌日ラ・クルス街の仮寓《かぐう》に落ち着いた。次の日議会に赴いたが、途中、民衆が喝采して迎えた。翌日、チエールが正式に政策実行責任者に任命され、議長にはジュール・グレヴィが選ばれ、ユゴーは野党の左翼議員団の代表に推された。

三月一日、議会はチエールがビスマルクと取り交わした、アルザス全域およびロレーヌの一部をドイツに割譲、さらに賠償金五十億フランをふくむ屈辱的な講和条約を賛成五四六票、反対一〇七票で批准した。アルザスとロレーヌ地方選出の代議士は抗議して辞職した。そんななかでユゴーは批准反対の演説をおこなった。彼自身がロレーヌ生まれであり、その昔父親のレオポールが二度にわたって防衛したチオンヴィルがドイツ領になることにやりきれない思いをしていただけに、演説にはことのほか迫力がみなぎっていた。

私がこの平和に賛成しないのは、まずなによりも、自国の名誉を守らねばならないからです。次に、卑劣な平和は恐ろしい平和だからであります。それでも、私の目には、もしかするとなにかしらの利点があるかもしれないと見えます。このような平和はもはや戦争でなく、憎悪になるからであります。だれにたいする憎悪？　人民にたいする憎悪！　いや、違います！　王たちにたいする憎悪です。王たちはみずから蒔いた種を収穫されるがいい。君主の方々、なんでもなさるがいい。なんでも毀損し、切断し、裁断し、盗み、併合し、解体されるがいい。そのことであなたがたは憎悪をつくりだされ、あまねく良心を憤慨させる。復讐心がくすぶり、その爆発は抑圧に比例する。フランスがうしなうものをすべて、革命が勝ち得るでありましょう。

ああ、やがてその並外れた復讐のときが訪れます——私にはそれが近づいてくるのが感じられます。いまからすでに、私たちが勝利する未来が歴史のなかを大股で歩く音が聞こえます。そう、明日にもそのことははじまります。明日にもフランスはただひとつの考えしかもたなくなるでしょう。すなわち、絶望の恐るべき夢想のなかで沈思默考し、力を回復し、子供を育て、やがて大きくなる子供を聖なる怒りで養い、大砲を造り、市民を育成し、人民となる軍隊をつくり、戦争の助けに科学を動員し、ローマがカルタゴのやり方を研究したようにプロシアのやり方を研究し、強固になり、堅固になり、再生し、ふたたび偉大なフランス、一七九二年のフランス、思想と剣のフランスになるのです。（『言行録』）

この復讐を誓う熱烈な愛国的演説に、辞職したアルザス・ロレーヌ地方選出議員たちは感激し、ユゴーに感謝の気持ちを伝えた。ユゴーは左派の議員たちと相談し、故郷の選出基盤を突然なくした彼らを今度の任期中のみならず、今後もフランス選出議員として遇する法案を提出した。ところがそれに先だって、三月八日に議会ではイタリア人のガリバルディの議員選出を無効にしようとする審議が開始された。

ユゴーは猛然と抗議して、ほぼこう言った。苦境にあったフランスを助けようとしてプロシア軍と戦いにきた国も人物もヨーロッパにはまったくなかったなかで、ガリバルディひとりがイタリアからやってきて、しかもこの戦争のあらゆる将軍たちのうち最後まで屈しなかったのは彼のみである。だというのに、よりにもよってその彼を議会から除名するとは言語道断の本末転倒というべきである。

たしかにユゴーの年来の友人、イタリア統一の立役者ガリバルディが、志願兵を率いてドールとディジョンとのあいだでプロシア軍の進軍を阻み、またフランス軍が奪い取った唯一の敵の軍旗が彼の部下によるものだったことは歴史的な事実だったが、新議会にいる何人もの将軍たちには、それが愉快な事実であるはずはなかった。そこでユゴーの演説は怒号や野次、不規則発言でたえず遮られた。彼は少数派の議員が多数派の議員の邪魔で満足に発言できないという経験を二十年以上まえにいやというほどしていた。さらに、どこの議会でも滑稽に思われることを怖れない（あるいはそれに気がつかない）議員がいるもので、ロンジュリル子爵という地方選出の議員などは、まさしく盲蛇に怯じずといった感じでガリバルディを「メロドラマの端役」と言ってけなし、おまけに「ヴィクトール・ユゴー氏の話す言葉はフランス語でないから、議会は彼の発言を拒否すべきだ」とまで言ってのけて拍手喝采された。そんな騒ぎが収まって、ようやく議長に発言を促されたユゴーはこう答えた。

議員諸氏、私は諸氏のご希望にそうよう努力しましょう。いや、ついでにもっと諸氏を喜ばせてあげましょうか。三週間まえ、諸氏はガリバルディの話を聞くことを拒否されました。今日は、私の話を聞くことを拒否されます。理由はこれで充分です。私はこんにちをもって議員を辞職します。
（『言行録』）

みんなが唖然とするなか、彼は議場を立ち去った。ルイ・ブランなど左翼系の議員がなんとか引きとどめようと説得にきたが、彼は態度を変えず、翌日正式の文書で議長に辞表を提出した。「公爵たちの共和国」というグロテスクな議会との縁が切れて、清々しい気分だった。

パリ・コミューン

他方、パリでは王党派圧勝の国民議会選挙とそのもとでの屈辱的な和平締結への成り行きに憤慨した急進派の民衆が愛国的な運動を開始し、政府に対抗して自己武装した組織を形成、国民衛兵中央委員会のもとに直接民主制と自主管理志向の政治を推進しようとしていた。コミューンと呼ばれるもので、これはパリのみならず、リヨン、マルセイユなど他の大都市にも見られた現象だった。

これにたいしてチエールのボルドー政権は七一年三月十日に国民議会を今度はヴェルサイユに移転し、さらにパリに政府の拠点を置いて、十八日未明、国家再建のために是非とも二重権力状態を克服すべきだと決断、残された政府軍を動員してパリの国民衛兵の武装解除にあたらせた。政府軍はモンマルトルやベルヴィルに陣取っていた国民衛兵の大砲二百門あまりを、薄明にまぎれて奪取する作戦を断行した。奇襲はほとんど成功しそうだったが、モンマルトルの丘から大砲を引き下ろすための馬の確保に手間取っているうちに住民に発覚、駆けつけた衛兵たちによって大砲が奪還されるばかりか、指揮官ルコントが捕縛されてしまった。さらに作戦に参加した政府軍の一部が国民衛兵に合流し、一八三〇年以来しばしば繰り返されてきたおなじみの光景、すなわち各地の街路にバリケードが築かれ、パリの北東部は瞬く間に国民衛兵と蜂起市民の支配下にはいった。民衆に拘束されたルコント、トマ両将軍は午後のうちに処刑された。パニックに陥ったチエールはヴェルサイユに逃げ帰った。

手帳によれば、ユゴーは十九日におそらく彼の協力を請いにきた（というのも、この時期に反体制の象徴的人物としてユゴーほどうってつけの人物はいなかったからだ）コミューン中央委員会の四人のメンバーと会見した折り、彼らの愛国的心情に深く共鳴しつつも、「あなたがたには是が非でも国民の一体性と団結を維持してもらいたい。敵がだれかを忘れないでもらいたい。注意してくださいよ。あなたがたは権利から出発して、やがて犯罪に行き着くことになるのですよ」と警告していた。つまり、当面の真の敵はパリを包囲しているドイツ軍であって、共和国の暫定政権ではないと言ったのである。ただし彼は、これから述べるパリ・コミューンの栄光と悲惨をなにひとつ見ることはなかった。ボルドーで急死した息子シャルルの財務清算をするために、二十一日に至急ブリュッセルに向かい、翌日バリカード広場の自宅に着き、しばらくそこに滞在せざるをえなかったからである。

さて、強力な指導部がいなかったコミューン運動ではあったが、やがて国民衛兵中央委員会が市役所にはいり、コミューン議会選挙を呼びかけ、一週間後に選挙がおこなわれて、史上初の労働者の自主管理政権が誕生した。三月二十八日にパリ・コミューン成立が宣せられると、市役所前広場の数万の市民と国民衛兵が赤旗をたなびかせて歓呼の叫びをあげた。

しかしながら、パリ・コミューン政権はプロシア軍の包囲のなか、しかも曲がりなりにも国民の選挙によって選ばれた議員たちからなる議会の認めた政府にあえて対抗する権力であった。正統性はフランスのごく一部の市民によってあたえられたものにすぎず、それは自生的で、開放的で、防衛的な、しかもつかの間の祝祭的な空間以上のものではありえなかった。だから、チエールが間もなくヴェルサイユで態勢を立て直し、ビスマルクと交渉して捕虜にされていた正規軍兵士を釈放してもらい、兵力を十三万に増強、マクマオン元帥に総指揮をとらせて、いよいよパリを本格的に制圧しにかかるとひとたまりもなかった。二十万といわれたがじっさいの戦闘能力のある者が三、四万にすぎないコミューン派は、装備、戦闘能力の違い、プロシア軍の側面援助、それから自派の指揮系統の混乱などのせいで、たちまち劣勢に陥った。

じり貧になった彼らは五月二十一日からの一週間、いわゆる「血の週間」に総攻撃をうけて力尽きた。この最後の戦闘でのコミューン派の死者は約三万人、投獄者四万五千人。これには事後に裁判にかけられて流刑、さらにはもっと重い罪に処せられた者はふくまれない。報復テロの凄まじさが知れようというものである。コミューン派の弾圧はコミューンが七十二日間で終焉を迎えた五月二十八日のあとになっても執拗につづけられた。コミューン派にたいする大赦がなされるのは、じつにこの十年後の八〇年七月になってからなのである。

フランスの国内状況が、ユゴーがなによりも怖れていた血で血を洗う内戦の様相を呈したとき、彼は《ル・ラペル》紙(四月十五日付)に「叫び」と題するこんな詩を寄せた。

戦う人びとよ！　争う人びとよ！　気でも狂ったのか？
諸君はまるで火のように麦を焼きはらい、
名誉と理性と希望を殺しているではないか！
なにゆえか？　敵も味方もフランス人ではないのか！
戦いをやめよ！　勝利がもたらすものは死だけだ。
フランス人がフランス人に浴びせる砲弾は、
みずからの命を縮め――何事も因果応報――
汚名を後世に残すだけではないか。

（『恐るべき一年』）

さらに「報復をやめよ」という詩では、とくに権力者にたいして、憎悪は人間の心を蝕む癌であるから野放しにしてはならず、共和政のためになんとしても穏やかな態度を取りもどすべきだと言い、「私は私を追放した者たちを匿《かくま》ってやるだろう／追放された身の果報を知るよすがともなろうから／もし私がキリストなら／ユダを赦しもするだろう」と訴えている。

ジュルジュ・サンドもそのひとりだったが、もともと強い愛国心を共有し、議会でもそのような趣旨の演説をしたにもかかわらず、ユゴーが充分にパリ・コミューンの肩をもたなかったことを批判する意見が当時からあった。では、息子の急死に伴うベルギー滞在がなかったとして、はたしてユゴーにはパリ・コミューンをさらに積極的に擁護し、くわわる余地があっただろうか。彼はもともと「無秩序への激しい憎悪」をもち、『レ・ミゼラブル』でもはっきり書いているように、原則的に王政、君主制を倒す目的以外の暴動、暴力による社会変革を認めていなかった。普通選挙が暴力の代わりになるはずだと考えていたからだ。だからパリ・コミューンのなかにいるブランキ主義者らの暴力革命主義者を信頼していなかった。次に彼は私的所有権を「自由の基盤」として神聖不可侵と考えていたから、私有財産を盗みだとするプルードン主義者、まして「共和政の積極形態」「史上こんな偉大なことの例は他にない」(マルクス『フランスの内乱』)などと熱狂していたマルクス主義者を警戒していた。さらに国内政治状況的にも彼はこの問題に深く関わる気にはなれなかった。手帳にこう記している。

私は議会とコミューンの仲介役をするように要請される。しかしひとはこのことを忘れている、議会が私の言うことを聞きたがらなかったのだし、コミューンもまたおそらく私の言うことに耳を傾けないだろう……双方ともある意味では正しいし、ある意味では間違っている。これほど紛糾した状況もない。さしあたって、私の考えをひと言でいうとすれば、こういうことだ。私はコミューンにはほろりとするが、議会にはぞっとする。祖国において打ちのめされ、家庭においても打ちのめされた私は、喪の悲しみに唯一ふさわしい孤独のなかにもどる。

（『見聞録』）

妻や娘など家族を犠牲にした十九年間の過酷な亡命生活、皇帝ナポレオン三世との戦い、共和政への献身のあと母国で待っていたのは、次男の急死とこのような期待外れの落胆と物悲しい孤独感だった。

ベルギーからの追放

ベルギー政府は一八七一年まで政治的亡命者を比較的寛大に受けいれてきた。ところがこの年、自由主義政党に代わってカトリック系の政党が政権を握ると、すべてが変わった。新政府はヴェルサイユ政府の弾圧を逃れてくるコミューン派の残党の亡命をいっさい認めないと宣したのである。これにたいして四九年九月に共和政に同調したときと同じように、ユゴーは「だれかが敗者の味方になるべきだ」という長年の信念から、自由主義的な新聞《ランデパンダン・ベルジュ》紙にこのような声明文を出した。

ベルギー政府が敗者にたいして拒む隠れ家を、私はブリュッセル、バリカード広場四番地に提供する。私は彼らの立場を認めるものではないが、コミューンの人間がだれであれ、もし我が家の扉を叩くなら、私は開く。彼は私の家にいるのであり、不可侵である。

（『言行録』）

当時のベルギーではコミューン派は新たな流血革命をもくろむ国際的な労働組織の手先だという噂が強く信じられていたので、この挑発的な声明は共感よりもはるかに多くの反感を招いた。おまけにユゴーの住むバリカード広場は皮肉にもバリケード広場という意味だから、あまりいい印象をあたえなかった。五月二十七日の夜、ユゴーが寝ようとしていると、家の呼び鈴が鳴った。「どなたですか？」と尋ねると、夜陰に「ドンブロウスキー」という声が響いた。ドンブロウスキーはポーランド出身の将校で、二十三日にコミューン軍の一隊を率いて壮絶な死を遂げたと聞いていた人物だった。ユゴーは、ではあれは虚報で、いま彼は隠れ家を求めているのかと思い、階下におりようとしたところ、大きな石が飛んできて、彼の頭上五十センチの窓を割った。と同時に、広場に七十名ほどの群衆が集まっているのに気づいた。とっさに家宅侵入だと直感し、窓から半身乗り出して、「卑怯者！」と叫んだ。それに答えるように、霰《あられ》のように小石が投げ込まれた。つづいて、「ユゴーに死を！」「縛り首にしろ！」「死刑台にかけろ！」「ジャン・ヴァルジャンを殺せ！」「ならず者を始末しろ！」といった叫び声が聞こえてきた。

そのうち群衆は家を取り巻き、扉や鎧戸をこじ開けようとした。さいわい女中たちがすべての戸を二重鍵で厳重に閉めていた。外では暴徒が「ユゴーを殺せ！」とわめき、内では女たちの悲鳴が聞こえた。敵がそれぞれ棍棒で武装しているのに、ユゴーは杖さえもっていなかった。彼はじっさい生命の危機すら感じたという。そんな状態が朝の三時までつづいたが、やがて暴徒は侵入を諦めてもどっていった。

翌日ユゴーは治安当局に災難を訴えた。ところが市長も、内務大臣も、フランス大使も現場検証に人を派遣しなかった。ユゴーとしては、昨日の騒ぎは当局が仕組んだものではないとしても（ただし首謀者は内務大臣の息子だった）、結果は彼らの利害にかなうものだったと判断せざるをえなかった。翌日から彼を侮辱し、脅迫する匿名の手紙が殺到するようになった。道では興奮した若者たちから罵声を浴びせられた。この調子では、いずれじぶんが公共の秩序を乱すとして告発されるかもしれないと予感した。

予感は正しかった。五月三十日正午、彼はレオポルド二世の令状を官吏に手渡された。即刻国外退去、二度と入国を認めないというものだった。

ユゴー一行は六月一日に発ち、その日の七時にルクセンブルクのヴィヤンダンという町についた。そこでいずれパリ・コミューンに関わる詩集『恐るべき一年』に収められることんな詩を書いた。

私はだれも断罪したくない、ああ暗い話だ！
勝者はつねにみずからの勝利に引きずられて
おのれの目的と意志をこえる。
内戦！　ああ、喪の悲しみ！　勝者はおのれの勝利のなかで
我を忘れ、足場をうしない、黒い水のなかに沈みこむ。

栄光と言う勇気がないので成功と呼ぶ。
だから、私は犠牲者も死刑執行人も、いずれも気の毒に思う。
悲しいかな！　孤児をつくりだす者たちに災いあれ！
寡婦をつくりだす者たちに、何度も災いあれ！
（『恐るべき一年』）

やがてパリにもどると、しばらく休刊していた《ル・ラペル》再刊号（十月三十一日付）

に寄稿を求められた。ユゴーは孤独と沈黙にもどるまえに、ひと言認めておくという前置きのあとで、法と権利の対立、強者への弱者の反抗というパリ・コミューンの問題にふれざるをえない。そして、現在なによりも緊急なのは、コミューン派にたいする特赦なのだとかつて同志でもあったいまの権力者に訴える。

ただちに特赦を！　なによりも特赦を！　動脈を接合しよう。それがもっとも緊急なのだ。このことを権力に言おう。このような事柄においては、迅速さが巧妙さになるのだと。すでにあまりにも躊躇《ためら》いすぎた。遅ればせの寛大さはひとをとげとげしくする。世論という至高の圧力に強いられず、無理矢理ではなく、みずから進んで特赦されたい。待つことなく、今日にも特赦されたい。それがそちらのためにもなる。明日それをすれば、そちらに不利に働く。（『言行録』）

この訴えも旧知のチエール政権をなんら動かすことはなかった。さきにすこしふれたように、特赦は一八八〇年七月、ユゴーが上院議員になって生涯最後の演説をしたときにやっと現実になったのである。

第三共和政の難産

フランスの政治は第二帝政が終わって共和国宣言がなされても、必ずしも完全に共和政体になったわけではない。いちおう一八七一年八月にチエールが大統領に選出されたことをもって、第三共和政開始とされている。ところが、七三年三月、ドイツにたいする賠償金の支払いとドイツ占領軍撤退で合意したあと、チエールが共和政を志向していることがわかると、議会で多数を占める王党派とオルレアン派が手を組んで、チエールを引きずりおろし、パリ・コミューンを容赦なく弾圧したマクマオン元帥が大統領に、王党派のブロイ公が首相になった。だからこの時期、ことによったら王政復古という事態もありえたのだが、正統王党派とオルレアン派の根深い対立のために実現しなかった。そのような事情で延々と審議され、先延ばしにされていた第三共和政憲法がようやく成立するのは七五年一月、いわゆるヴァロン憲法修正案がわずか一票差で可決されるときにすぎない。

だからユゴーが七十歳を迎える一八七二年は、大統領が強権・権威主義、議会が保守的な王党派支配という反動的な政治状況だった。そんななかで、下院の補欠選挙があり、周りの勧めでユゴーは立候補したが落選した。それでも彼はとくに落胆したわけではない。公的には、絶望するにはあたらない、普通選挙にはこういうこともありうるという声明を出したのだが、手帳によれば、「現在の議会は悪のためには強力だが、善のためには無力だ。私は悪の協力者にはなりたくないし、無力の協力者になるのも有益なこととは思えない」とあって、そもそも落選を期待していたふしもあったのである。

祖国にもどって二年間それなりの政治的な義務、役割を果たしてきたが、出会うのは幻滅、残るのは徒労感ばかりだった。さらに、息子シャルルの急死に追い打ちをかけるように、気の滅入るような新たな出来事がき起きた。二月十二日、イギリスの将校に片思いしてずっと消息不明だった次女のアデルが、黒人のバア夫人に連れられてカリブ海の島からパリにもどってきた。それまで哀れな狂女の身元がわからなかったのだが、このほどようやくヴィクトール・ユゴーの娘だと判明したのである。変わり果てた娘の姿を十年ぶりに目の当たりにしたユゴーは手帳にこう書いている。

ちょうど一年まえの二月十三日、私はシャルルと一緒にボルドーに向かったが、彼を生きて連れかえることができなかった。きょうは、アデルに再会している。なんという悲哀か！

二月十四日――アデル。深い悲しみ。

二月十五日――私はアデルに会った。心が折れそうだった。

二月十七日――サン・マンデ精神病院。またしても墓の扉よりも暗い、閉じた扉。

いずれにしろ、ユゴーが解放感にみちて祖国にもどってからこの二年、待ちうけていたのは公私にわたる失望と悲哀ばかりだった。彼がほぼ二十年ぶりに祖国にもどるに際して、こんな懸念を抱いていたことを思いだしてもいい。

ああ、運命よ、
ヴェールに隠されたおまえの手から、
なにが出てくるのか？
忌まわしい陰気な影か、
それとも暁の星か？

彼は帰国するとすぐ政治の渦中に巻きこまれ、「無力の協力者」として意気の上がらない日々を過ごさざるをえなかった。これが二十年間のナポレオン三世との過酷な死闘の成果なのか。ご都合主義の反動政治家たちに無知な野次を浴びせられ、品のない揶揄をされることが。見えるのはひたすら「陰気な影」であって、「暁の星」ではなかった。とはいえ彼は、いつまでも悲嘆に暮れているような人間ではなかった。政治的に閑暇があれば、パリを離れ、その閑暇を執筆活動に当てればいいだけの話だった。

なお、七三年の一月九日に、ナポレオン三世が胆石の手術がうまくいかずに他界した。ユゴーは天敵の死を、「ルイ・ナポレオンが死んだ。三年まえであれば、私には幸福だったろうが、いまではもはや不幸でさえない」とあっさり手帳に書いている。

小説『九三年』

ユゴーが最後の長編小説となる『九三年』を書きはじめたのはこの年、一八七二年の十月二十一日だった。公刊は七四年二月十九日で、発売されるや大好評で迎えられ、イギリス、ドイツ、イタリアなど数か国で翻訳された。ただ構想は十年まえ、『レ・ミゼラブル』を発表したころ、ミシュレやルイ・ブランのフランス革命史に触発され、じぶんなりのフランス革命観を確立したいと願ったときのものだった。

九三年とはむろん一七九三年、ルイ十六世が処刑され、いわゆる恐怖政治がはじまった年であり、フランス革命を否定するときに持ちだされる最大の論拠である。ユゴーはあえてこのタブーに挑戦したのであり、小説のテーマである反革命のヴァンデの乱もこの年に勃発している。じつは、彼はすでに『レ・ミゼラブル』第一部第二篇第十章「未知の光明に立ち会った司教」でこのテーマにふれていた。

教区の人びとに深く敬愛されていたディーニュの司教ミリエルが、周囲の反対を押し切って、町外れのあばら屋で死に瀕している八十六歳の老人に最後の祝福をあたえるために出かける。(「第三身分とはなにか」で知られるシェイエスがモデルとされる)この老人は昔よく知られた革命家の元国民議会議員Gだった。フランス革命でさんざん辛酸を嘗め、この出来事を忌まわしく思っているカトリックの司教と革命に参画し、国家のために尽くした過去を誇らしく思いながら臨終の床についているGは、期せずして革命の評価をめぐって口論になる。この論争は緊迫して、書中もっとも有名な場面のひとつである。

「フランス革命はキリストの到来以来、もっとも力強い人類の一歩だった。たしかに不完全なものだったかもしれない。しかし崇高なものだった。……あれはまさしく偉業だった。フランス大革命は人類の祝典と言ってよいものだった」と元国民議会議員Gが断言する。これにたいする反論として司教はこう問う。

「へえ! 一七九三年が、ですか?」

すると元国民議会議員はすっくと立ち上がって全力でこう叫ぶ。

「ああ、そのとおり、一七九三年! わしはその言葉を待っていた。千五百年のあいだに雲が形成された。十五世紀もたって、その雲が裂けた。あなたは雷鳴を非難しておられるのだ！」

九三年は一過性の社会・政治的な事故にすぎなかったというこの言葉を聞いて、司教は「心中でなにかが消えていくのを感じた」。以後、ふたりのあいだに激しい言葉の遣り取りが展開されるのだが、司教は元国民議会議員にはかばかしい反論ができないばかりか、ついに命尽きた元国民議会議員のまえに跪いて祝福する。そして作者ユゴーはあたかも論争で革命家の肩をもつように、この場面を次のように締めくくっている。

「あの男の精神が彼の精神のまえを横切り、あの男の偉大な良心のうえに反映したことが、彼を完徳に近づけるのに役立たなかったなどと、だれにも言えないことだろう」

要するにミリエル司教にとって、フランス革命は「未知の光明」だったというのだが、このような考えは当時のカトリック教会にはとうてい許容できないものだった。だから、ローマ教皇庁は百年のあいだ『レ・ミゼラブル』を禁書にしたのである。

『九三年』の執筆にさいして、ユゴーの以上のようなフランス革命擁護論はその十年後いささかも揺らいでいない。またこのテーマはパリ・コミューンの革命の試みとその挫折のあとの反動的な恐怖政治が国民的協調の実現を阻んでいたこの時期、きわめて時宜を得たものでもあった。なお小説の主な舞台となるブルターニュ地方は、ユゴーの母方の故郷であり、ユゴー自身何度も訪れて勝手を知っていた。

主人公のゴーヴァンはブルターニュ地方の貴族だったが、革命の側に転じて、いまは故郷の反乱を鎮圧する共和国軍の隊長をつとめている。そこに海路、国外亡命している王党派から反乱の指揮者ラントナック侯爵が送り込まれてくる。ラントナックはゴーヴァンの伯父である。また革命政府のほうからも鎮圧を加速すべく、非妥協的な革命精神の権化のようなシムルダンが派遣されてくる。ゴーヴァンにとってシムルダンは恩師であり、精神的な父親でもある。ここでリアルに描かれているのは反乱軍と共和国軍の凄まじい内戦だが、印象的なのは革命と暴力をめぐる同じ共和派のゴーヴァンとその上司シムルダンとの論争である。ここでは二十世紀後半のカミュなどが提起した革命に暴力がどこまで許されるのか、どこに限界があるのかという問題が先取りされている。これはむろんコミューンの闘士たちが多少なりとも直面せざるをえなかった問題でもあった。

敵軍の人質の子供たちを命がけで救った高邁なラントナック侯爵を処刑すべきかどうかをめぐって、革命軍の冷徹な政治家シムルダンとゴーヴァンがこんな会話を交わす。ここでユゴーの分身はゴーヴァンである（以下、シムルダンは**シ**と、ゴーヴァンは**ゴ**と略す）。

シ「私は法律の裁きしか認めない」

ゴ「私はもっと高いところを見ています」

シ「じゃあ、法の裁きのうえになにがあるのか？」
ゴ「良心の裁きがあります」

良心は法律に優先する、これは改めて『レ・ミゼラブル』を持ちだすまでもなく、いつに変わらぬユゴーの人間観の根幹にある考えだった。彼にとって良心は人間性と不可分であり、内なる神だった。だから、たとえ革命という目的があっても、どんな手段も正当化されるわけでなく、たとえば安易に政敵を死刑にするといった、良心に悖《もと》る手段はけっして許されない。もうひとつの事例。ここではシムルダンが推進する合理的かつ唯物論的革命像にたいして、ゴーヴァンはみずからの「夢想的な革命」を対置せざるをえない。

ゴ「あなたの共和国は人間を薬物のように調合したり、測ったり、統制したりしますが、私の共和国は人間を青空の高みに連れていくのです。そこには定理と鷲の違いがあります。……あなたは剣の共和国を望んでおられますが、私は精神の共和国を建設したいのです」
シ「自然より偉大な社会か。いいかね、そんなものは夢物語にすぎん」
ゴ「それが目標です。もしそうでないなら、社会はいったいなんの役に立つのですか。

お望みなら、自然のなかにとどまってください。非社交人のままでいてください。タヒチ島は楽園です。ただこの楽園では、人間は考えるということをしません。愚かしい楽園より知的な地獄のほうがまだましです」

じっさいこの小説の百年後、唯物論的な「革命」が成功した東欧の一部の国から、「愚かしい楽園」を嫌って「知的な地獄」に逃れてきた文人、知識人がなんと多かったことか。この点で「精神の共和国」を夢見たユゴーには、大いに先見の明があったといえる。およそ革命と名乗るほどのものなら、つねに不動の理想を忘れてはならないのであり、それが非人間性に流れかねない行動の行き過ぎを防いでくれるのである。

結局ゴーヴァンは師に逆らって説を曲げず、みずからの理想である「精神の共和国」の殉教者として死んでいく。他方、理性を貫徹した結果、ついに良心の呵責に耐えかねたシムルダンもまたみずから命を絶つ。要するに『九三年』はコミューンが提起した革命の問題とそれを暴力的に封殺しようとしている政府がつくりだした深刻な社会危機について、ユゴーなりの問題設定をおこない、コミューンの悲劇を文学的に昇華しようともくろんだ小説だったといえる。

上院議員

ユゴー邸には文学者やジャーナリストたちだけでなく、共和派の議員たち、とりわけジュール・シモン、シェルシェール、ルイ・ブラン、ガンベッタ、クレマンソーらもしばしば顔を出して、なんとか共和政確立のために助力を願えないかと頼みこむことがあった。ユゴーはフランスの国内政治に幻滅を覚えて関心をうしなっていたので、極力辞退していた。だがそのうち一八七五年に第三共和国憲法がなんとか議決されて、上院が復活するようになった。そこでクレマンソーが強力に働きかけた結果、ユゴーはしぶしぶ立候補し、七六年一月三十日、セーヌ県選出の上院議員に選ばれた。ただ、上院は王党派が一五一人、共和派が一四九人と拮抗していたが、共和派のなかでも穏健派と急進派が分かれていて、一筋縄ではいかなかった。さらに、二月におこなわれた下院選挙では、共和派三六〇人、王党派一六〇人、オルレアン派五五人、ボナパルト派八〇人と共和派が多数を占めた。そこでフランスの政界はマクマオン大統領・上院王党派対下院共和派という、ねじれ構図になった。

ユゴーがリュクサンブール宮殿にある上院で初めて演説したのは五月二十二日だった。彼は二日まえに流刑や死罪にされているコミューン派の特赦を認める法案を提出していて、その趣旨説明の演説だった。彼は「あらゆる傷を塞ぎ、憎しみを消さねばなりません。特赦は怒りを鎮める最高の手段であり、それは内戦の終息ともなります」と訴えた。場内はしんとしていて、最後の起立投票になったが、賛成したのはユゴーをふくむ十人のみだった。つまり共和派のなかでも大半が特赦に反対だったことになる。だがユゴーはこれで諦めるような人間ではない。やがて次の出番がまわってくる。

一八七七年に「五月十六日のクーデター」と呼ばれる出来事があった。大統領マクマオンが共和派の急先鋒ガンベッタらと対立し、首相のジュール・シモンを罷免《ひめん》して王党派のブロイ内閣を成立させたものの、下院が不信任としたため、下院解散の承認を上院に求めた。強権的な手法だがこれは憲法の規定にかなっていた。事前審査委員会でユゴーは、出席している閣僚たちに「もし下院で現在と同じ選挙結果が出たら、大統領は辞任するということでいいですね」と尋ねると、どの大臣もマクマオンを怖れて答えられなかった。翌日、下院解散の可否を審議するとき、ユゴーが発言を求めて熱弁をふるった。

議員諸氏

皆さんをまえにして、これから話そうとしているこの白髪の老人は、皆さんがこれからご覧になろうとしているのと同じことをこの目で見たのであります。この老人はじぶんのことなどいっさい考えておりません。あなたがたご自身のことが心配でたまらず、敵味方の区別なく、あなたがたの一人ひとりに虚心坦懐にご忠告申し上げているのであります。この言葉には憎しみも嘘もありません。死という永遠の真実を間近に控えているこの私には嘘などついても詮なきことです。皆さんは冒険に乗り出そうとしておられる。ならば、すでに冒険を終えて帰ってきた者の言葉に耳を傾けていただきたい。あなたがたはこれまでに経験したことがないことをやろうとしておられる。だが、そのまえに、是非とも「私はそれを経験して知っている」という人間の言葉に耳を傾けていただきたいのです。

要するにユゴーはみずからの経験に基づき、マクマオンのやろうとしていることは、二十五年まえにルイ・ナポレオンがやった、クーデターによって独裁制を敷こうとするのとそっくり同じであると訴えたかったのである。だから結論は明快そのものになる。

権利に寄りかかっている民衆は棍棒に寄りかかっているヘラクレスです。フランスがずっと平和であるいま、民衆が穏やかに暮らしているいま、文明を強固にするには、休らっているヘラクレスだけで充分なのであります。私は破局に反対投票し、解散を拒否する者であります。

（『言行録』）

左翼の議員たちから喝采されたものの、投票の結果、一四九対一三〇でマクマオンの求めた下院の解散が議決され、選挙は十月に実施されることになった。危機感を覚えたユゴーは急遽、大統領マクマオンの野望を阻止すべく、一八五一年十二月のルイ・ナポレオンのクーデターについて、すでに五二年から書きかけていた原稿を急いで仕上げて、『ある犯罪の物語』第一巻を十月一日に刊行し、その裏表紙に、「本書は今日的であるどころか、緊急であるがゆえにこれを出版する」という一文を印刷させた（続編は翌年三月）。すると上院の議長から知らせがあり、政府は『ある犯罪の物語』のことで訴追を検討しているが、「上院は義務をはたし、議員の不可侵性を支持するつもりだ」と言ってきた。ユゴーは「私としては闘いを受けて立つ」と答え、老いてなお君主制に反対する戦闘的な精神の健在ぶりを発揮したのである。

十月の下院選挙はユゴーの願いどおり、共和派の勝利に終わった。さらにそのあと翌年の一月の上院選挙でもユゴーをふくむ共和派が大勝した。両院ともに足場をうしなったマクマオン大統領は退陣をよぎなくされ、ジュール・グレヴィが大統領の座に就くことで、フランスの第三共和政は名実ともに確立された。ユゴーは一八四八年の憲法制定議会の同僚であり、ルイ・ナポレオンとの戦いの永年の戦友だったこの清廉な共和派左翼の大統領選出に積極的に協力した。遅々とした歩みだったが、フランスの共和政という三十年にわたる彼の念願がやっと現実になったのである。それとともに長年主張してきた集会と出版の事前承認制の廃止、『レ・ミゼラブル』などで何度も必要性を説いていた初等教育の無償・義務・世俗化が実現することになった。また、前述したが、上院での三度目の彼の演説で、八〇年七月十一日に、コミューン派の全面的な特赦がついに実施されることになった。彼はこのように最晩年になってやっと、みずからのルイ・ナポレオンとの命がけの戦いからはじまった政治的「義務」を彼なりに果たしきることができたのである。

八十歳の誕生祝い

一八八一年二月二十六日のユゴーの誕生日にあたって、彼の生誕地ブザンソンの町は共和国の偉大な文人政治家に敬意を表して、ロンド・サン・タン通りを以後ヴィクトール・ユゴー通りと改名する決定をした。つづいてパリ市は、これをさらに上まわる長寿を祝う記念行事を計画した。彼の家のそばに凱旋門が建てられ、ニースなど花の名産地から続々バラ、ミモザ、グラジオラス、ナデシコなどの花が送られてきて、家も通りも美しく飾られた。前日に共和国大統領ジュール・グレヴィ、首相のジュール・フェリーが他の閣僚をしたがえてエロー街に赴き、「共和国はこの壺を精神の君主に贈呈する」と述べてセーヴルの壺を手渡した。フランス各地、世界各国から祝福の手紙や電報が押し寄せてきた。当日の行列にはフランス各地、外国の代表団の参加も予想された。

二十六日、ユゴーは朝早く起き出したが、あいにくどんよりした空模様で、いまにも雪が降り出しそうだった。このような天気では、せっかくの行事にも支障が出かねなかった。

十一時、大勢の群衆が凱旋門に集まりはじめた。やや遅れて市議会議員団、それぞれの国旗を携えた諸外国の代表団を先頭に行列が出発した。先生に引率されたパリの五万の小学生があとにしたがった。彼らはそれぞれ『パリのノートルダム寺院』『レ・ミゼラブル』『諸世紀の伝説』『祖父になる法』など、作者の代表作の題名を書いた横断幕をもって歩いた。他方、労働者地区や郊外から、民衆が続々つめかけてきた。

ヴィクトール・ユゴーは寒さにもかかわらず、目に涙を浮かべながら二階の窓辺に立ち、感無量の思いで行列を見守っていた。風が強く、雪さえ降ってきたというのに、人波は絶えず、しばしばファンファーレが鳴り、みんなが《ラ・マルセイエーズ》を口ずさみ、「ヴィクトール・ユゴー万歳！　共和国の父万歳！」という叫び声をあげていた。それはかつてだれも見たことがなく、今後も二度と見られないような光景だった。

次の週、彼はリュクサンブール宮の上院議会に出かけた。彼が入場すると、議員が——

右翼も左翼も——全員起立し、拍手で迎えた。議長のレオン・セーは、「天才は着席され、満場の議員が拍手されました」と述べた。

さらにこの年の五月八日、ユゴーの住むエロー街がヴィクトール・ユゴー大通りと改名され、現在にいたっている。作家が存命中に住んでいる街路の名前になるのは前代未聞のことだった。

八月三十一日、ユゴーは次のような遺言書をしたためた。

神、魂、責任。この三つの概念だけで人間には充分である。私にはそれで充分だった。これは真の宗教である。私はそのなかで生き、そのなかで死んでいく。真実、光、正義、良心、それが神である。
私は四万フランを貧者にあたえる。私は貧者の柩で墓に運ばれることを望む。
私の遺言執行者をジュール・グレヴィ、レオン・セー、レオン・ガンベッタとする。三人は随意の人間を助手とすることができる。私はすべての原稿、および私が書いたか、描いたものと後日判明するものはすべてパリの国立図書館に寄贈する。この図書館はいずれヨーロッパ合衆国図書館となるであろう。……
私はいずれ地上での目を閉じる。しかし精神の目は、かつてなく大きく開かれたままだろう。私はあらゆる教会の説教を退ける。私はすべての魂のための祈りを求める。

ヴィクトール・ユゴー

ユゴーは有神論者だったが、カトリックではなかった。むしろ徹底した反教権主義で、ローマ教皇庁に睨まれ、『パリのノートルダム寺院』や『レ・ミゼラブル』などは二十世紀半ば頃まで禁書リストに入れられていた。彼は「あらゆる教会の説教を退ける」無教会のキリスト教徒であり、「無限」を神の同義語とみなしていた。

なお彼が書き残した原稿——なかには普通は秘められるはずの彼の資産状況、多彩な性生活の詳細を示す資料などもふくまれる——をすべて未来の「ヨーロッパ合衆国図書館」に遺贈するというとき、じぶんはたんにフランスという一国ではなく、ヨーロッパ合衆国、ひいては世界共和国、人類の未来のために全的に精一杯役に立ちたいという思いだったのだろう。

最晩年

遺言をしたためたあとでも、ユゴーはアカデミーや上院（彼は一八八二年に再選されていた）に顔を出すことがあった。一八八三年二月二十六日には八十一歳の誕生日を迎えた。

木村毅『日本翻訳史概観』によれば、板垣退助が岐阜遭難事件のあと洋行し、日本人として初めてユゴーと面談したのがこの年である。板垣が「日本のような後進国に広く自由民権の思想を普及するにはどうしたらよろしいでしょうか？」と尋ねると、ユゴーは「それには適当な小説を読ませるのが一番だ」と答えた。やや意表をつかれた板垣が、「小説といってもどんな小説を？」と反問すると、ユゴーは「私がこの二十年以内に書いたものなら何でもいい」と言いながら、たとえば『九三年』あたりがいいだろうと勧めたという話が伝わっている。

ユゴーが最後にパリを留守にしたのは、八三年夏に家族に勧められ、スイス旅行をしたときだった。彼はスイスでことのほか人望があった。二十年以上もまえの一八六二年、彼の論陣のおかげでこの国で死刑制度が廃止されたからだ。「老オルフェウス」という一文のなかで、「老ユゴーの名は共和国の名と切っても切り離せないものだった。古来、文学と芸術の分野で名声をはせた者は数多くいたが、フランスの民衆の心のなかにその誉れとして生きたのは、ひとり彼のみである」と書いてユゴーを尊敬していたロマン・ロランは、その姿をひと目みようと、ユゴー一家が投宿していたジュネーヴの「ホテル・バイロン」に駆けつけた。すでに大勢の群衆がホテルを取り囲み、口々に「ヴィクトール・ユゴー万歳！」と叫んでいた。ユゴー自身がたまに姿をみせ、「共和国万歳！」と答えていたが、

「なにしろ大変な年寄りで、髪は真っ白、皺だらけで、眉をひそめ、目は落ちくぼんでいた」とロランはいくらかがっかりしたように書いている。ユゴーは往時の活力をすっかりなくしていたのだ。

ユゴーの最後の外出は一八八四年の十一月だった。彼はアメリカに送る「自由の女神」像を製作している彫刻家のバルトルディのアトリエに招待され、嫁と孫に伴われて出かけたのである。生涯擁護してきた理想がこの企画によって実現されるのを見る思いがして、彼は久方ぶりに微笑んだ。帰り際、集まってきた人びとをまえにこう演説した。

この美しい作品は私がつねに愛し、呼びかけてきたもの、すなわちアメリカとフランス——ヨーロッパであるフランス——の平和をめざすものであります。この平和の証は永遠に残るでしょう。こういうことがなされるのは、まことに好ましいことであります！

（『言行録』）

期せずして「ヴィクトール・ユゴー万歳！」という声があがった。たまたまそこにいたひとりのアメリカ人が、「フランス最高の詩人、ヴィクトール・ユゴー万歳！」とアメリカ訛りのフランス語で言った。バルトルディはそのアメリカ人に向かって、「いや、世界最高の詩人ですよ」と訂正した。この短い演説がユゴー最後の公的な発言になった。

翌一八八五年五月十四日、ユゴーは最近アカデミー・フランセーズに入会した、スエズ運河やパナマ運河で有名なフェルディナン・ド・レセップスを夕食に招待していた。客が帰ったあと、彼はまず心臓、それから肺に痛みを感じ、そのまま床に就いた。翌朝、医師の診察の結果、肺充血という見立てだった。

ユゴーは死期を悟っていた。見舞いにきた嫁のアリスには「お終いだよ」と言った。翌日、「気分が好《よ》さそうじゃないですか」と言う弟子のヴァクリーに「いや、私は死んでいるよ」と答えた。そして譫言《うわごと》に、「これは昼と夜の闘いだ」と言った。また、「暗い光が見える」とも。さいわい、孫たちとゆっくり話す時間もあった。「さあ、もっと近づいて、もっとそばに。幸福になるんだよ……私のことを考えてくれるように……私を愛してくれるように……さようなら」と優しい声で言った。まるでジャン・ヴァルジャンの最後の言葉のようだった。「その目はずっと微笑んでいた」と孫のジョルジュは回想している。

ヴィクトール・ユゴーが危篤だという報が伝わると、二十一日にパリの大司教のギベール枢機卿が嫁のアリス・ロクロワに連絡してきて、ユゴーと教会の最後の和解を打診してきた。ただ、ユゴーは一八八三年八月二日にヴァクリーに宛てて、遺言変更証書を書いていた。「私は貧者に五万フランをあたえる。私は貧者の柩で墓に運ばれることを望む。あらゆる教会の説教を拒否する。あらゆる魂のための祈りを求める。私は神を信じる」このように本人が念を押すように二度にわたって教会との和解を拒否しているのだから、大司教の試みが実を結ぶはずもなかった。

ユゴーが八十三歳の天寿を全うしたのは、一八八五年五月二十二日十三時二十七分だった。彼の死の報をうけて、上院、下院ともに休会にして、上院は審議なしの全会一致で、下院は四一八票中四一五票の賛成でユゴーを国葬にすることを決めた。併せて、祖国に尽した偉人を合祀する霊廟である偉人廟《パンテオン》に葬ることにした。ナポレオン三世が偉人廟をたんにサント・ジュヌヴィエーヴ教会付属の建物に格下げにしたのを、これを機に旧に復すことにしたのである。ルイ・ナポレオンと二十年以上の死闘を演じたユゴーにとって、これ以上は望めない象徴的な計らい、彼の言葉の最終的な勝利だった。ユゴーの遺体は防腐処理を施され、いったん凱旋門のしたに安置されて通夜が営まれた。多くの市民が四方八方から押しかけ、頭を垂れて弔意を表した。みんなが口々にユゴーの詩句を唱えていた。

国葬の六月一日は、役所も学校も休みになり、大半の店も休業にした。各地で半旗が掲げられた。十一時、ヴァレリヤン山の大砲が鳴って、葬儀の開始を告げた。政界、新聞界、文学界の要人たちが遺族を取り囲んでいた。故人の遺志にしたがって、柩は貧者用の柩がもちいられ、飾りといえば白いバラのふたつの花輪だけで、孫のジョルジュとジャンヌがそれぞれ手にしていた。このふたりだけが最晩年のユゴーに残された肉親だった。というのも、彼は一八六八年に妻のアデルが客死したとき、すでに「私は家族と仕事、幸福と義務のどちらかを選ばねばならない。私は義務を選んだ。それが私の人生の法則なのだ」と達観していたが、その後次男のシャルル、三男のフランソワ＝ヴィクトールを相次いでうしなうという不幸に見舞われていたからだ。

ジョルジュが柩のあと、ジャンヌが先頭に立って歩いた。二百万近い市民が葬列にくわわるか、葬列が通る街路脇に立って葬列を見守った。一八五一年のクーデターで国外追放された者たちが、『レ・ミゼラブル』『懲罰詩集』『九三年』と書かれた旗竿をもってきていた。

凱旋門から出発した葬列はシャンゼリゼをコンコルド広場までくだり、右に曲がってセーヌ川の橋をわたって、下院のあるブルボン宮のところで左に折れた。それからサン・ジェルマン大通りを経て右に曲がり、サン・ミシェル大通りをしばらく進んでから、パンテオンのあるスフロ街に達した。だが、先頭がパンテオンに達しても、まだ凱旋門には足踏みしている群衆が大勢残っていた。

葬列がパンテオンに着いたのは午後二時だった。それから、例によって共和国のお偉方の追悼演説がはじまった。十五人がそれぞれ思いのこもった話をしたので、遅れていた葬列の中程の者たちも、柩を墓に収める儀式に立ち会うことができた。最後尾の者たちがパンテオンに着いたのは六時半で、追悼演説にも儀式にも間に合わなかった。これまで君主と軍神の特権だった国葬という栄誉が、人類史上初めて、ひとりの詩人にあたえられた特別の日もこうして終わりを迎えた。

栄光と恥辱、偉大と卑俗、崇高と滑稽、そしてなによりも自由への勇気と言葉の力、ヴィクトール・ユゴーはそのような人間の資質すべてを十二分に兼ね備えた、文字どおりの偉人であり、政治的にも宗教的にも人生を完成し、多数の名作を世に出してなお、未完の膨大な原稿、資料を人類の遺産として残していった不世出の人物だった。

おわりに

ユゴーとナポレオン三世との「ペンと剣の戦い」のことを初めて教えてくれたのは一九八〇年、友人の哲学者アンドレ・グリュックスマンだった。以来ずっと頭の片隅に眠っていたが、改めて興味が目覚めたのは、それから三十年後の二〇一〇年に、『レ・ミゼラブル』の翻訳を手がけるようになってからだった。このときいくらかの関連文献を参照しているうちに、ユゴーとふたりのナポレオンの関係についてはその重要性にもかかわらず、フランスでもあまり立ち入った研究がなされていないように感じられた。そこでさらに調べを進めていくと、いくつかの興味深い知見が得られたように思われ、この度それを短くまとめておくことにした。

本書は結果的にユゴーの政治的肖像のようなものになったが、これはユゴーという文豪の一面、おそらくは二次的な一面にすぎない。というのも、ここでもう一度強調しておけば、彼はなによりもまえに詩人であり、彼の名を不朽にしたのも一義的にはその詩集、詩群であって、政治参加は副次的、もしくは派生的な一面でしかなかったのである。しかし、ユゴーほど長く深く政治に関わった作家もあまりいない。ここでは彼が生きた時代の特質を考慮しなければならない。

ユゴーを筆頭とする十九世紀フランス・ロマン派詩人たちが、今から見て誇大とも言えるような使命感をもち、みずからを神と民衆との媒介者とみなしていたことにはこんな歴史的理由がある。さきに簡単にふれたが、フランス革命が永く王権と結びついていた第一身分の聖職者たちを追放、国教としてのカトリックを徹底的に弾圧した結果、暫時巨大な宗教・精神的な空白が生じた。そのためロベスピエールの革命政府は神に代わる理性を「最高存在」として崇拝する祝典を催す必要があった。だが、これは理性を神格化するという非理性的かつ自己矛盾的な試みだったばかりでなく、民衆の無意識の心性に訴える力に欠けていたから、いたって不人気で長続きせず、その空白を埋めうるのはやはり、伝統的に予言能力を有すると考えられてきた詩人だということになった。このような使命感は、ロマン派の総帥だったユゴーにおいてことのほか強く、彼が文学作品、政治活動でよくつかう「義務」という言葉もこれと密接な関係がある。

ユゴーは十五歳のときからごく自然に詩を書きはじめて以来、晩年の八十歳を過ぎても、ほとんど呼吸するように詩作し、三日として詩を書かない日はなかった。一八五一年十二月のルイ・ナポレオンのクーデターに反対し、パリの隠れ家を転々とする日々にさえ、のちにマラルメを感心させたような短詩を書いたくらい、詩作は彼の日課であり、生涯に長編小説『レ・ミゼラブル』の三倍以上の量の詩を書き、二十冊(死後出版をふくめると二十五冊)もの詩集を残すことになった。また当時の演劇は韻文で書かれるのが主流だったから、有名な『エルナニ』をはじめとして三〇年代に毎年のように書かれた、十作以上の劇作の大半も詩文であった。

ただ、彼は弟子のゴーチェのような審美的な芸術至上主義者ではなかった。若いころから時代の声を聞き、その「鳴り響く谺」となるべく、みずから生きる社会に強い関心を寄せた。すでに引いたが、一八四〇年の詩集『光と影』の冒頭に「詩人の役割」という長い詩を掲げて、じぶんだけの世界に閉じこもり、まわりの社会に無関心な詩人は、いまのような混乱した時代にはそぐわない。孤独のうちに引きこもろうとする誘惑は無責任であり、詩人は闇のなかにいる民衆に光をもたらさねばならないと固く信じていた。重複を厭わず、もう一度引いておく。

神はかく望む、寒風の時代にあっては、
銘々が働き、銘々が尽くすことを。

兄弟たちにこう言う者に災いあれ、
私は砂漠にもどる、と！
憎悪や醜聞が動揺した民衆を苦しめているとき、
躓きに導く者に災いあれ！
おのれを毀損し、無益な歌い手よろしく、
城門のそとに立ち去る者に恥あれ！

詩人は不敬虔の時代にやってきて
より良い明日を準備する。
彼はユートピアの人間だ。
詩人は足をこちらにつけ、目を向こうに向けて、
いつでも、予言者のように、
なにをも持ちこたえられる手のなかに、
侮辱されるにしろ、称賛されるにしろ、
みずから揺り動かす松明として、
未来を輝かせねばならないのだ！

彼が一八四〇年代になって政治活動をはじめたのは、このような「詩人の役割」を果たすためだった。ただ、政治活動といっても、なにかの具体的な社会計画を実現しようとするものではなく、みずから生きる時代のあらゆる不正、不公正を糺し、つねに「より良い明日」「ユートピア」を照らす「松明」になろうとするものだった。だから彼は、議員になっても大臣にはならず、権力を求めずに「影響力」をもちたいと願った。そのためにさまざまな「侮辱」を甘んじてうけ、永い「追放」さえも耐え忍んだ。ユゴーの波瀾にみちた後半生は、「義務」として心ならずも演じることになった文人政治家としての役割を、最後まで勇気をもち、誠心誠意果たすことであった。かつて世界のどこにも、このような徹底して知行一致の文人はいなかったし、おそらく今後もいないだろう。

本書の出版に当たっては、『レ・ミゼラブル』の翻訳刊行に引きつづき、平凡社編集部長の竹内涼子氏の心強いご支援に恵まれた。末筆ながら、衷心より感謝申し上げたい。

ヴィクトール・ユゴー略年表

◆の行はナポレオンや政治的なこと

西暦	年齢	事項
一八〇二年		二月二十六日午後一〇時三〇分、ヴィクトール＝マリー・ユゴー、ブザンソンで誕生。父はナンシー生まれのナポレオン軍の軍人ジョゼフ＝レオポール＝シジスベール・ユゴー、母はナント出身のソフィー・トレビュシェ。兄にアベル（一七九八年生まれ）、ウージェーヌ（一八〇〇年生まれ）がいた。 ◆八月二日、ナポレオン終身統領に就任。
一八〇三年	1歳	この年以降、父はコルシカ島、エルバ島、ナポリなどに派遣され、両親は離ればなれに暮らすようになる。子供たちは父とともに、コルシカ島、エルバ島で過ごすが、両親はそれぞれ愛人をもつようになる。年末、母は子供たちをパリに連れ帰る。
一八〇四年	2歳	二月、王党派の反ナポレオンの陰謀に荷担した廉でモロー将軍が逮捕、母の愛人ヴィクトール・ラオリーがこれに連座し、警察に追跡されるようになる。 ◆五月十八日、ナポレオン一世皇帝に就任、第一帝政がはじまる。
一八〇六年	4歳	三月十日、ナポレオンの兄ジョゼフ、ナポリ王に即位。レオポールはその配下の司令官として戦功を立て、愛人カトリーヌ・トマと同棲。 ◆十月ナポレオン、プロシア軍を撃破、ベルリンに入城、イギリスにたいする封鎖令を発布。
一八〇七年	5歳	十二月、ソフィー、夫と仲直りしようと子供たちを連れてナポリに赴くが、不調に終わり、別居が決定的になる。

一八〇八年	6歳	七月三日、レオポール、大佐に昇進し、やがてスペイン国王に任命されるジョゼフ・ナポレオンに随行してマドリードに赴任。
一八〇九年	7歳	二月七日、ソフィー、子供たちと一緒にパリにもどり、六月にフイヤンチーヌに家を借り、愛人ラオリーを匿う。名付け親でもあったラオリーは勉強を手伝ったりして、子供たちの「理想の父」の役割を果たす。ヴィクトール、ラ・リヴィエール塾に通い、ギリシャ語、ラテン語を学ぶ。父レオポールはアビラ地方の司令官に昇進。 ◆五月十三日、ナポレオン軍ウィーン占領。十二月十五日、ナポレオン、ジョゼフィーヌと離婚。翌年四月、オーストリア王女マリー・テレーズと結婚。
一八一一年	9歳	スペイン国王ジョゼフ・ナポレオンの勧めで、ソフィーは夫と和解すべく子供たちを連れてマドリードに行くが、またしても不調に終わる。ヴィクトールとウージェーヌは、しばらく当地の貴族学校の修道院で過ごす。 ◆三月二十日、ナポレオン二世誕生、ローマ王と称する。
一八一二年	10歳	ソフィー、アベルをマドリードに残し、ヴィクトールとウージェーヌとともにパリにもどる。十月、ラオリー、マレー将軍のクーデター計画に連座、死刑に処される。 ◆六月二十一日、ナポレオン、ロシアに宣戦布告し、モスクワに攻め入るも苦戦を強いられ、十一月二十九日に撤退。
一八一三年	11歳	父ユゴー将軍パリにもどる。 ◆十月十九日、ナポレオン軍、ライプツィヒの会戦でプロシア、オーストリアなどの同盟軍に敗退。
一八一四年	12歳	両親の離婚問題に決着がつかないまま一年が過ぎる。

		◆三月三十一日、同盟軍パリに入城。四月六日、ナポレオン退位し、エルバ島に配流。五月三日、ルイ十八世が帰還、第一復古王政がはじまる。六月四日、ルイ十八世「憲章」を発布。
一八一五年	13歳	両親の離婚訴訟で、レオポールが勝訴。ヴィクトールとウージェーヌ、コルディエ寄宿学校に入学。 ◆三月一日、ナポレオン、エルバ島を脱出、三月二十日パリに帰還し、「百日天下」（六月二十二日まで）。六月十八日、ワーテルローの会戦で、大陸軍が同盟軍に完敗し、ナポレオン退位、セント・ヘレナ島に配流。七月八日、ルイ十八世、パリに帰還、第二次王政復古がはじまる。七月、王党派の白色テロが猖獗をきわめる。
一八一六年	14歳	七月四日、日記に「ぼくはシャトーブリアンのようになりたい。それ以外はぜったい厭だ」と書き、キリスト教的な詩をつくるようになる。また、コルディエ寄宿学校生のまま、理工科学校試験準備のため、ルイ＝ルグラン校にも通学。
一八一七年	15歳	アカデミー・フランセーズの詩のコンクールで奨励賞をうけ、その早熟ぶりが審査員に注目される。
一八一八年	16歳	九月、兄弟はコルディエ寄宿学校を出て、母親と住むようになる。
一八一九年	17歳	二月六日、トゥールーズの「アカデミー・デ・ジュー・フロロ」の詩のコンクールで、「アンリ四世の像の再建」が優勝する。四月、のちに妻となるアデル・フーシェに愛を告白。十二月十一日、兄とともに同人雑誌《コンセルヴァトゥール・リテレール》を創刊。
一八二〇年	18歳	二月二十七日、「ベリー公の死のオード」により、ルイ十八世から五百フランの賜金

		をうける。四月、アデル・フーシェの両親から娘との交際を禁じられる。 ◆二月十三日、ベリー公暗殺。
一八二一年	19歳	六月二十七日、母親ソフィー死去。七月、ヴィクトールとアデルは交際を許される。 九月六日、レオポール、カトリーヌ・トマと再婚。 ◆五月五日、ナポレオン・ボナパルト、セント・ヘレナ島で死去。
一八二二年	20歳	三月、ドラゴン通りの安下宿に引っ越す。六月八日、処女詩集『オードと雑詠集』を発表、王家に関する詩が多く集められていたため、王から年金千フランあたえられることになる。十月十二日アデル・フーシェと結婚。兄ウージェーヌ発狂。
一八二三年	21歳	二月八日、ロマン主義的な小説『アイスランドのハン』出版。年金二千フラン上乗せされる。七月十六日、長男レオポール誕生（十月九日死亡）。
一八二四年	22歳	三月、『新オード集』発表。八月二十八日、長女レオポルディーヌ誕生。 ◆九月十六日、ルイ十八世死亡。九月二十九日、アルトワ伯、シャルル十世として玉座に就く。
一八二五年	23歳	四月二十三日、ラマルチーヌとともにレジヨン・ドヌール勲章を授かる。五月二十九日、ランスの国王聖別式に出席。このころからロマン主義的なグループが形成される。
一八二六年	24歳	一月三十日、小説『ビュグ・ジャルガル』を出版。十一月二日、次男シャルル誕生。十一月七日、詩集『オードとバラード』を発表、サント＝ブーヴに絶賛される。
一八二七年	25歳	十月、ノートルダム・デ・シャンの自宅でロマン派の集まりを開き、十二月五日、劇『クロムウェル』およびその「序文」を出版。ロマン主義の演劇論を確立して、ロマ

一八二八年	26歳	ン派の指導者になる。 一月二十九日、父レオポール＝シジスベール・ユゴー卒中で死亡。八月、詩集『オードとバラード』決定版を刊行。十月二十一日、三男フランソワ＝ヴィクトール誕生。
一八二九年	27歳	一月二十三日、古典派の規則を無視した『東方詩集』を出版。二月七日、『死刑囚最後の日』を出版。八月一日、史劇『マリオン・ド・ロルム』、ブルボン王家の威厳を損ねるものとして上演禁止。これに抗議したユゴーは八月十三日、内務大臣に面会、上演禁止の損害賠償のかたちで政府の役職もしくは年金を三倍にすることを提案されたが、きっぱりと拒否する。以後、王党派と訣別。
一八三〇年	28歳	二月二十五日、『エルナニ』上演、大成功を収め、古典派にたいするロマン派の決定的な勝利となる。八月二十八日、次女アデル誕生。 ◆七月二十五日、シャルル十世が議会解散・出版の自由の停止・選挙法改悪の王令を発布、これに抗議するパリの民衆が蜂起、「七月革命」がはじまる。八月二日シャルル十世が退位、オルレアン家のルイ・フィリップが「フランス国民の王」として即位、「七月王政」がはじまる。
一八三一年	29歳	三月十六日、小説『パリのノートルダム寺院』刊行。八月十一日、『マリオン・ド・ロルム』上演。十一月三十日、詩集『秋の木の葉』刊行。 ◆二月十四日、パリで反教権主義の暴動勃発。十一月二十日、リヨンで絹織工（カニュ）の反乱が起こり、軍隊が鎮圧。
一八三二年	30歳	春に、コレラが流行、次男シャルルも感染するが快癒する。十月八日、プラス・ロ

		ワイヤル（現在ユゴー記念館があるプラス・デ・ヴォージュ六番地）に転居。十一月二十二日、史劇『王は愉しむ』を上演するが、翌日、風俗紊乱を理由に禁止。 ◆六月五日、六日、ラマルク将軍の葬儀のさい、パリで共和派の暴動が起こる。
一八三三年	31歳	二月二日、史劇『ルクレツィア・ボルジア』を上演し、大成功を収める。このとき、端役を演じたジュリエット・ドルーエがユゴーの「生涯の愛人」になる。十一月六日、劇『メアリー・テューダー』を上演するが不評。
一八三四年	32歳	一月十五日、『ミラボー論』刊行。三月十九日、評論『文学哲学雑記』刊行。七月六日、小説『クロード・グー』を発表。この頃、ルイ・フィリップの長子オルレアン公と知り合う。 ◆四月十日、パリ、リヨンで共和派の蜂起、十三日トランスノナン街の虐殺──軍隊、武力で反乱鎮圧。
一八三五年	33歳	四月二十八日、『パードヴァの専制者アンジェロ』を上演、大成功。十月二十六日、詩集『薄明の歌』公刊。 ◆七月二十八日、コルシカ人フィエスキによる国王ルイ・フィリップ暗殺未遂事件。
一八三六年	34歳	二月十八日、アカデミー・フランセーズに立候補、落選。十一月十四日、オペラ『ラ・エスメラルダ』上演、失敗。十二月二十九日、再度アカデミー・フランセーズに立候補、落選。 ◆ルイ・ナポレオン、ストラスブールで蜂起し、鎮圧される。
一八三七年	35歳	二月二十日、次兄ウージェーヌ、シャラントンの精神病院で死亡。六月十日、オルレアン公妃と知り合う。六月二十六日、詩集『内心の声』出版。

一八三八年	36歳	一月二十一日、プラス・ロワイヤルの自宅にオルレアン公夫妻を招待。十一月八日、『リュイ・ブラース』を上演するが、さして好評を得られなかった。
一八三九年	37歳	八月三十一日、ナンシー、ストラスブール、スイスに旅行し、十月二十六日、パリにもどる。
一八四〇年	38歳	二月二十日、アカデミー・フランセーズに立候補したが、三回目も落選。五月十六日、詩集『内心の声』を刊行。八月二十九日から十一月一日まで、ドイツ、ライン地方に旅行。 ◆十月七日、ルイ・ナポレオン、アムの監獄に収監。
一八四一年	39歳	一月七日、アカデミー・フランセーズ会員になる。六月三日、アカデミー・フランセーズ入会受託演説。
一八四二年	40歳	一月二十八日、紀行『ライン』刊行。 ◆七月十三日、オルレアン公、馬車事故により死亡。
一八四三年	41歳	三月九日、劇『城主』上演、大失敗。以後、劇作をおこなわなくなる。七月十八日から九月十六日まで、スペイン旅行。九月四日未明、長女レオポルディーヌと夫、セーヌ河で船遊び中、ヴァルキエで遭難、溺死。九月十二日、ロシュフォールに滞在していたユゴーは、新聞で長女夫妻の訃報を知る。
一八四五年	43歳	四月十三日の勅令で、国王ルイ・フィリップから子爵の爵位をたまわり、貴族院議員に任命される。十一月十七日、『レ・ミゼール』の前身、「ジャン・トレジャン」を書きはじめる。

一八四八年	46歳	この年はずっと政治活動に忙殺される。 ◆二月十四日、普通選挙を求めるパリ十四区の改革宴会が禁止される。二月二十三日、民衆蜂起による「二月革命」勃発。二月二十四日、ルイ・フィリップ亡命、臨時政府成立、「七月王政」崩壊。ユゴー、オルレアン公妃の摂政制を支持する演説をして民衆を怒らす。四月二十三日、憲法制定議会選挙で、ブルジョワ共和派が勝利。ユゴーは落選するが、六月四日の補欠選挙で、ルイ・ナポレオンとともに当選。六月二十二日、パリの労働者による「六月暴動」があったが、二十六日武力によって鎮圧される。ユゴー、《レヴェヌマン》紙を創刊、大統領選挙におけるルイ・ナポレオン支持のキャンペーン。十二月十日、ルイ・ナポレオン大統領に当選。
一八四九年	47歳	五月十三日、立法議会選挙で「秩序党」から出馬して当選。七月九日、議会で貧困に関する演説をおこない、右派の顰蹙を買う。このころから左傾化する。
一八五〇年	48歳	一月十五日、政教分離の立場からファルー法に反対演説。 ◆七月十六日、新出版法により検閲強化。
一八五一年	49歳	七月十七日、ルイ・ナポレオンの憲法改正案に反対する演説。七月三十日、次男シャルル他、投獄される。九月十八日、《レヴェヌマン》紙廃刊。十二月二日、ルイ・ナポレオンのクーデター。ユゴー、少数の共和派議員たちとともに抵抗を呼びかけるが、弾圧が過酷をきわめる。十二月十一日、追い詰められたユゴーはベルギーに逃れる。 ◆十二月二十一―二日、国民投票によってクーデターが正式に承認。
一八五二年	50歳	一月二十八日、前年に《レヴェヌマン》紙の筆禍事件で投獄されていたシャルル出

		獄。四月十六日、フランソワ＝ヴィクトール出獄。八月五日、ブリュッセルからロンドン経由でジャージー島に到着。同日、ブリュッセルで『小ナポレオン』出版。この夏に家族およびジュリエットが合流し、マリーヌ・テラスに住むようになる。 ◆十二月二日、ルイ・ナポレオン、皇帝になってナポレオン三世を名乗り、第二帝政がはじまる。十二月二十二日、国民投票により、帝国再興が承認される。
一八五三年	51歳	十一月二十一日、ブリュッセルで『懲罰詩集』を出版。 ◆一月二十九日、ナポレオン三世、ウジェニーと結婚。七月一日、ジョルジュ・オスマン、セーヌ県知事に就任、パリの都市改造に着手。
一八五四年	52歳	のちに出版される『サタンの終わり』『竪琴の音を尽くして』などに収められた詩を精力的に書く。 ◆三月二十七日、フランス、クリミア戦争に介入。
一八五五年	53歳	十月二十七日、イギリス政府にジャージー島から立ち退きを命じられ、同月三十一日ガーンジー島に移住。 ◆五月、パリ万国博覧会開催。
一八五六年	54歳	四月二十三日、ブリュッセルとパリで、『静観詩集』出版、大好評。五月十日、豪邸オートヴィル＝ハウスを購入。
一八五八年	56歳	一月、『至上の憐憫』、五月『ロバ』を完成（出版は後年）。六月、咽頭にはじまり、背中にまで激痛を覚える。次女アデル、憂鬱症にかかり、母親とともにパリやロンドンに出かけるようになる。

一八五九年	57歳	◆一月十四日、青年イタリア党員オルシーニによるナポレオン三世暗殺未遂事件。のちに出版される『諸世紀の伝説』『町と森の歌』などの詩作をつづける。八月十八日、ナポレオン三世の特赦令に、「自由がもどるとき、私もまたもどるだろう」と言って帰国を拒否。九月二十六日、『諸世紀の伝説』（第一集）出版。
一八六〇年	58歳	四月二十五日、十二年ぶりに、『レ・ミゼラブル』の初稿をトランクから取り出し、四月二十六日から五月二日まで再読、その後年末まで改稿をつづける。
一八六一年	59歳	三月からベルギー旅行。六月三十日、ワーテルローで『レ・ミゼラブル』を書き終える。九月三日、ガーンジー島にもどる。
一八六二年	60歳	四月三日、パリとブリュッセルで、『レ・ミゼラブル』第一部を刊行、五月十五日、第二部と第三部を刊行、六月三十日、第四部と第五部を刊行。
一八六三年	61歳	六月十六日、ユゴー夫人、作者の名前をつけずに『生活をともにした人の語ったヴィクトール・ユゴー』を出版。六月十八日、次女アデル、とつぜんガーンジー島を離れ、パリの母親に会い、翌日、かねてから心を寄せていた、イギリス人ピンソン中尉を追ってロンドン経由でカナダのハリファックスに出奔。
一八六四年	62歳	四月十四日、評論『ウィリアム・シェイクスピア』刊行。
一八六五年	63歳	四月、フランソワ＝ヴィクトール、父の書いた序文つきで『シェイクスピア全集』を翻訳刊行。十月二十五日、詩集『街と森の歌』刊行。
一八六六年	64歳	三月十二日、小説『海に働く人びと』出版。
一八六七年	65歳	六月二十日、パリで『エルナニ』再演、大成功。十二月五日、オデオン座で『リュ

		イ・ブラース』を再演するが、ただちに上演禁止になる。この年からイタリア統一のために闘ったガリバルディを公然と支持するようになる。
一八六八年	66歳	八月二十五日、ユゴー夫人アデル、脳卒中に襲われ、二十七日に死亡。望みどおり、ヴェルキエの長女レオポルディーヌの墓の隣に埋葬されたが、国外追放の身分のヴィクトールは葬式に参列できず。
一八六九年	67歳	四月から五月にかけて、小説『笑う男』を出版。五月四日、息子たちが反政府的な新聞《ル・ラペル》を創刊。九月十三日から十八日まで、ローザンヌでおこなわれた「平和会議」の議長をつとめる。
一八七〇年	68歳	七月十九日、普仏戦争勃発（七一年まで）。九月二日、ナポレオン三世、スダンで降伏。九月四日、共和政宣言（第二帝政廃止）、臨時国防政府樹立。九月五日、ユゴー、ブリュッセル経由でパリに到着、熱狂的に迎えられる。九月九日、「ドイツ人に訴える」、九月十七日、「フランス人に訴える」を発表。九月十九日、プロシア軍によるパリ包囲。十月二日、「パリ市民に訴える」を発表。
一八七一年	69歳	一月二十八日、パリ降伏、休戦条約締結。二月八日、ユゴー、国民議会議員に当選。二月十二日、国民議会、ボルドーに移転。三月一日、プロシア軍、パリに入城。三月八日、ガリバルディがアルジェ選挙区で選出された投票を議会が無効としたことに抗議して、翌日議員辞職。三月十三日、シャルルがボルドーで死亡。三月二十一日、ヴィクトール、ブリュッセルに発つ。三月二十八日、パリ・コミューン設立。五月二十八日、パリ・コミューン崩壊。五月三十日、ヴィクトール、パリ・コミュー

		ンの敗者を匿った廉でブリュッセルから追放。九月二十五日、パリにもどる。
一八七二年	70歳	一月七日、国民議会の補欠選挙で落選。二月十二日、次女アデル、発狂してカリブ海の島から送り返され、サン・マンデ精神病院に入れられる（一九一五年死亡）。四月二十日、詩集『恐るべき一年』発表。八月七日、ガーンジー島に向かう。
一八七三年	71歳	七月三十一日、パリにもどる。十二月二十六日、三男フランソワ＝ヴィクトール死亡。 ◆一月九日、ナポレオン三世死亡。
一八七四年	72歳	二月十九日、小説『九三年』出版。
一八七五年	73歳	五月、『言行録』（亡命前）出版。十一月八日、『言行録』（亡命中）出版。
一八七六年	74歳	一月三十日、上院議員に選出される。五月二十二日、上院でコミューン派の特赦を求める演説。七月、『言行録』（亡命後）出版。
一八七七年	75歳	二月二十六日、詩集『諸世紀の伝説』（第二集）出版。五月十四日、詩集『祖父になる法』発表。十月一日、『ある犯罪の物語』（第一巻）刊行。
一八七八年	76歳	三月十五日、『ある犯罪の物語』（第二巻）出版。六月十七日、国際文学会議の議長をつとめる。六月二十七日から翌朝にかけて脳卒中の発作に襲われる。七月から十一月まで、ガーンジー島で療養。
一八七九年	77歳	二月、教訓詩『至上の憐憫』出版。
一八八〇年	78歳	七月十四日、哲学詩『ロバ』刊行。
一八八一年	79歳	二月二十六日、パリ市民、ユゴーの八十歳を祝い、五月八日、当時住んでいたエロ

		ー街がヴィクトール・ユゴー大通りに改名される。五月三十一日、詩集『精神の四方の風』刊行。八月三十一日、遺言書を作成。
一八八二年	80歳	五月二十六日、劇『トルケマダ』出版。
一八八三年	81歳	五月十一日、生涯の愛人ジュリエット・ドルーエ死亡。六月九日、詩集『諸世紀の伝説』（第三集）出版。八月二日、遺言変更証書作成。
一八八五年	83歳	五月十四日、感冒をこじらせて肺充血になる。五月二十二日金曜日午後一時二十七分、永眠。五月三十一日、ヴィクトールの柩、凱旋門の下に安置される。六月一日、国葬。柩は百万をこえる市民に見送られ、パンテオンに埋葬される。

主要参考文献

以下に掲げる文献は、本書に引用、もしくはそれに準ずる言及をしたものにかぎる。

[ユゴーの作品]

Œuvres complètes de Victor Hugo : édition chronologique (18 vols.), publié sous la direction de Jean Massin, Club français du livre, 1967-1970.（この全集はユゴーの作品、手稿を年代順に収録するばかりでなく、書簡集、同時代の資料、専門家の論文なども収めるものであり、伝記作者にとって有益かつ不可欠なものだから、本書の記述は基本的にこの全集に依拠している）

Victor Hugo : Œuvres complètes (15 vols.), édition dirigée par Jacques Seebacher et Guy Rosa, coll. ‹Bouquin›, Robert Laffont, 1985.

Victor Hugo : *Les Misérables*, édition établie par Maurice Allen, Gallimard, coll. ‹La Pléiade›, 1951.

Victor Hugo : *Les Misérables*, édition d'Henri Scepi avec la collaboration de Dominique Moncond'huy, *ibid*. 1951.

Victor Hugo : Œuvres poétiques I, édition établie par Pierre Albouy, *ibid*. 1964.

Victor Hugo : Œuvres poétiques II, *ibid*. 1967.

Victor Hugo : Œuvres poétiques III, *ibid*. 1974.

Victor Hugo : *La Légende des siècles—La Fin de Satan-Dieu*, édition de Jacques Truchet, *ibid*. 1950.
Victor Hugo : Théâtre complet I, édition de Josette Mélèse et Jean-Jacques Thierry, *ibid*. 1964.
Victor Hugo : Théâtre complet II, *ibid*. 1964.
Victor Hugo : *Choses vues, Souvenirs, journaux, cahiers 1830–1885*, édition établie par Hubert Juin, Gallimard, coll. ‹Quarto›, 2002.
Victor Hugo : *Histoire d'un crime—Déposition d'un témoin*, préface de Jean-Marc Hovasse / Notes et Notices de Guy Rosa, La fabrique éditions, 2009.
『ヴィクトル・ユゴー文学館』全十巻、潮出版社、二〇〇〇—二〇〇一年

[ユゴーの伝記]

André Besson : *Victor Hugo, Vie d'un géant*, France-Empire, 2010
Alain Decaux : *Victor Hugo*, Perrin, 2001.
Henri Guillemin : *Hugo*, Seuil, coll. ‹Ecrivain de toujours›, 2002
Sandrine Fillipetti : *Victor Hugo*, Gallimard, coll. ‹Folio›, 2011
Jean-Marc Hovasse : *Victor Hugo*, Fayard, 2001–2008.
Tome I : Avant l'exil, 1802–1851, 2001.
Tome II : Pendant l'exil, 1851–1864, 2008.
（これは従来発表されたユゴーの伝記の白眉ともいえる浩瀚かつ精緻な評伝であるが、現在のところ、亡命期のIまでしか刊行されていない。それでも、本書は啓発されること大であったことを附記して

おく）

Adèle Hugo : *Victor Hugo raconté par Adèle Hugo*, texte intégral établi sous la direction d'Anne Ubersfeld et Guy Roza, Plon, coll. ‹Les Mémorables›, 1985.

Hubert Juin : *Victor Hugo* (3 vols.), Flammarion.
Tome I : 1802–1843, 1980.
Tome II : 1844–1870, 1984.
Tome III : 1870–1885, 1986.

André Maurois : *Olypio ou la Vie de Victor Hugo*, Hachette, 1954.〔アンドレ・モロワ『ヴィクトル・ユゴーの生涯』辻昶／横山正二訳、新潮社、一九六九年〕

［ユゴー研究書］

Pierre Albouy : *La création mythologique chez Victor Hugo*, José Corti, 1963.

Louis Aragon : *Hugo, poète réaliste*, éditions sociales, 1952.

Etienne Brunet : *Le vocabulaire de Victor Hugo* (3 vols.), Honoré Champion, 1988.

Michel Butor : *Victor Hugo romancier dans Répertoire II*, Édition de Minuit, 1965.

Hubert de Phalese : *Dictionnaire des Misérables*, Nizet, 1994.

Frank Laurent : *Victor Hugo, Espace et politique jusqu'à l'exil*, Presses universitaires de Renne, 2008.

Mario Vargas Llosa : *La tentation de l'impossible–Victor Hugo et Les Misérables*, Arcades / Gallimard, p.225, 2004.

Jean Maurel : *Victor Hugo philosophe*, Puf. coll. ‹Philosophes›, 1985.
Henri Pena-Ruiz / Jean-Paul Scot : *Un poète en politique—Les combats de Victor Hugo*, Flammarion, 2002.
Myriam Roman : *Victor Hugo et le roman*, Honoré Champion, 1999.
Michel Winock : *Victor Hugo dans l'arène politique*, Fayard, 2005.
Lire Les misérables, textes réunis et présentés par Anne Ubersfeld et Guy Rosa, José Corti, 1985.
Victor Hugo et l'Europe de la pensée, textes réunis et présentés par Françoise Chenet-Faugeras, A.- G. Nizet, 1995.
西川長夫『フランスの近代とボナパルティズム』岩波書店、一九八四年
西永良成『「レ・ミゼラブル」の世界』、岩波新書、二〇一七年

[関連歴史書]

Maurice Agulhon : *1848 ou l'apprentissage de la République 1948–1852*, Seuil, coll. ‹Points Histoire›, 1973.
Guy Antonetti : *Louis Philippe*, Fayard, 2008.
Paul Bénichou : *Romantisme français* (2 tomes), Gallimard, coll. ‹Quarto›, 2004.
G. de Bertier de Sauvigny : *La Restauration*, Flammarion, 1955.
Lucian Boia : *Napoléon III, Le mal-aimé*, Les belles lettres, 2008.
Louis Chevalier : *Classes laborieuses et classes dangereuses*, Librairie Générale française, 1978.
Jean-Mari Mayeur : *Les débuts de la IIIe République 1871–1898*, Seuil, coll. ‹Points Histoire›, 1973.
Pierre Miquel : *Le second Empire*, Perrin, 2008.

Inès Murat : *La IIème République*, Fayard, 1987.
Michel Raimond : *La vie politique en France, depuis 1789*, (2 vols), Librairie Armand Colin, 1965.
Jean Tulard : *Dictionnaire Napoléon* (2 tomes), Fayard, 1999.
Emmanuel de Waresquiel Benoît Yvert : *Histoire de la Restauration 1814-1830*, Perrin, 2002.
Michel Winock : *Les Voix de la liberté*, Seuil, 2001.
エッカーマン『ゲーテとの対話』山下肇訳、岩波文庫、一九六八年
アレクシス・ド・トクヴィル『アメリカのデモクラシー』松木礼二訳、岩波文庫、二〇〇五年
カール・マルクス『フランスの内乱』木下半治訳、岩波文庫、一九五二年
カール・マルクス『ルイ・ボナパルトのブリュメール一八日』植村邦彦訳、平凡社ライブラリー、二〇〇八年
木村毅「日本翻訳史概観」『明治文学全集7』筑摩書房、一九七二年
福井憲彦編『フランス史』山川出版社、二〇〇五年

【著者】
西永良成（にしなが よしなり）
1944年富山県生まれ。東京外国語大学名誉教授。専門はフランス文学・思想。著書に『激情と神秘――ルネ・シャールの詩と思想』（岩波書店）、『小説の思考――ミラン・クンデラの賭け』（平凡社）、『『レ・ミゼラブル』の世界』（岩波新書）、『カミュの言葉――光と愛と反抗と』（ぷねうま舎）など、訳書にクンデラ『冗談』（岩波文庫）、サルトル『フロイト』（人文書院）、ユゴー『レ・ミゼラブル』全5巻（平凡社ライブラリー）、編訳書に『ルネ・シャールの言葉』（平凡社）など多数。

平　凡　社　新　書　9　8　1

ヴィクトール・ユゴー　言葉と権力
ナポレオン三世との戦い

発行日――2021年8月10日　初版第1刷

著者――西永良成
発行者――下中美都
発行所――株式会社平凡社
東京都千代田区神田神保町3-29　〒101-0051
電話　東京（03）3230-6580［編集］
東京（03）3230-6573［営業］
振替　00180-0-29639
印刷・製本―株式会社東京印書館
装幀――菊地信義

ISBN978-4-582-85981-2
NDC 分類番号950.268　新書判（17.2cm）　総ページ248
平凡社ホームページ　https://www.heibonsha.co.jp/